阅美文

有谁曳杖过烟林

雪泥 著

雪泥

西苑出版社

图书在版编目（CIP）数据

有谁曳杖过烟林 / 雪泥著 . —北京：西苑出版社，2018.11

ISBN 978-7-5151-0701-1

Ⅰ. ①有… Ⅱ. ①雪… Ⅲ. ①散文集－中国－当代 Ⅳ. ① I267

中国版本图书馆 CIP 数据核字（2018）第 254552 号

有谁曳杖过烟林

YOU SHEI YEZHANG GUO YANLIN

出品人　赵　晖
责任编辑　陶永学　汪昊宇
特约策划　凌　翔
责任印刷　陈爱华　严令升
责任校对　刘娟娟
封面设计　戴　敏
出版发行　西苑出版社 XIYUAN PUBLISHING HOUSE
通讯地址　北京市朝阳区和平街 11 区 37 号楼　邮政编码：100013
电　　话　010-88636419　传真：010-84281520
　　　　　E-mail：xiyuanpub@163.com
印　　刷　三河市金元印装有限公司
经　　销　全国新华书店
开　　本　710mm × 1000mm　1/16
字　　数　160 千字
印　　张　13
版　　次　2019 年 1 月第 1 版
印　　次　2019 年 1 月第 1 次印刷
书　　号　ISBN 978-7-5151-0701-1
定　　价　49.80 元

序

离离梅影香满衣

西子绿

雪泥说发给我书稿的那天，我正坐在青岛某个公寓的窗台上，隔着一座座高耸的灰色建筑，看冬日的阳光，看阳光下的海。我说，海被高楼切开，是一小片一小片的。她笑，说，面朝一片一片的海，心中也有不尽的春暖花开。我亦笑，无端地，脑海中浮现一行字：寂寞西郊人到罕，有谁曳杖过烟林。

果然如此。

2017 年最后的几天，无雪的冬夜，她握杖踏风而来，满目星辉熠熠，丰唇浅眉，以笃定和缓的步子和拍而歌。那些唱声里和着北风清冷的小令，有曾经熟知的词韵，也有不曾探究的句读，那么今夜，我愿在灯光下逐字逐行地找寻，寻她的一颗玲珑诗心，究竟栖宿在何处的山间？何处的水湄？

万事初生春为始。她写："平原上的春天，千里夜奔，仿佛只是一个早晨，就哗哗地漫了过去。"这样饱满的句子牵出一段记忆中的旧时光，不经意地，便泄露了诗人本来的面目。一个在暮冬的长夜陪春风一起奔跑的女子，一个在初春的阳光下独自漫步的女子，穿过故园，穿过老街，理理被风吹乱的长发，将“青丝一绾，所有的故事也都被绾进暗处，都成了‘故’事”。心里念想的，不过是听听鸟鸣、看看春树，再尝一碗曾经喜欢的美味。“看天。天很蓝，仿佛一步之遥，却是万水千山。看城。城很深，仿佛人声鼎沸，却又寂寂无声。”此时，怀念不仅仅是怀念，亦是作别。“我来过。但，终与你无关。”任浮世喧扰，任流光不在，花月春风依旧，一个人清欢依旧，以一场初春的奔赴，来界定一场旧事，多么简单明了。

自古深情之人多是念旧，旧事已远，旧物还在。“很多旧衣服，挂在那里，就像自己的岁月整齐地排列在那里，从年少青春到如今岁月苍茫。”于她来说，岁月更迭的诗韵随处可见。有一些韵脚，就密密缝在那些旧衫的衣领或暗兜里，垂目敛眉，早就失了曾经的绚丽，却舍不得丢弃，只因为“旧的日子，被关在暗处，打开时，总有芬芳一闪”。是的，她是那么喜欢芬芳的女子，即便不是繁华绚烂、刹那清幽，也值得认真对待。她只需将那些惊鸿一瞥的细枝末节仔细铺展开来，再一一裁剪缝缀，琐碎的生活便如织锦般，是一卷卷散发着清香的墨章。

之于生活，到底有多热爱？她的笔下这样写：“生活，是有惯性的，点点滴滴的爱，如同刺青，洗不掉，擦不去，忘不了。”于是明了，热爱，是抹不去的伤，是难以忘却的疼，是不得不抽一把单刀从容而赴的一场盛宴。心慧如她，早已洞悉每一处悲欢过往，不问何去，亦不问何从，只以最简单的语言作答：“生命的长短，我们无法决定，但生命的态度，我们可以做主。”这才是对生活的赤诚之恋，直白而又纯粹。

在我眼里，她素来坚定平和，文字亦是。她的文，一字一句稳稳排开，淡定，自信。很多时候，或在开头，或在结尾，或在一处娓娓道来的段落里，总有那么几行句子如满园梨白中乍然冒出的三两枝小桃红，一读，便惊艳了整篇。譬如“疼痛就像一枚睡着在身体里的种子，不知道它什么时候会发芽、生长、撕裂”。我是她嘴里的傻孩子，读到这里我很认真地低头，看自己的腿脚和手臂，想要确认，哪个部位偷偷生长了一枚种子，是疼痛，抑或欢喜？再譬如“百年前的门窗，推开时，吱吱呀呀地，仿佛在问我，你，又来了？是，我微微笑着，在心里作答”。读时，想起张爱玲《倾城之恋》最末那句：胡琴咿咿呀呀地拉着，在万盏灯火的夜晚，拉过来又拉过去，说不尽的苍凉故事，不问也罢……城之倾，楼之凋，胡琴之唱，门窗之问，相似的寻觅，相似的问答，一如她一次又一次静立在参天的古柏下，不为闻旧人悲欢，只为在那苍老古朴的物事里，抚摸到一抹来自时光的绵长久远的温暖。

说到温暖二字，谁能及她？微温的掌心，应是刚刚好的三十六度半。握过那么多人的手，将那么多人拥入怀中，我、荷、飞扬、冷月，还有更多叫不上名字的友人。其实不只我们，我们在世人眼中大多是光鲜的人儿。她愿以一腔温暖相待的，还有另一些人。“银枝，多好听的名字。人们常把皇帝家的女儿叫金枝玉叶，给自家的女儿取名叫银枝，想来，她一落生，父母必是当成手心里的宝一样疼爱。”一文读罢，从书橱里寻出她的诗集《倾诉》：“你的孤单 / 在等待谁的缠绵 / 谁的手 / 在深夜将你温暖 / 你的手 / 今夜会被谁带走。”“城市的垃圾 / 就是拾荒人的庄稼地 / 城市的废弃物 / 被他们一遍遍地翻动和过滤 / 就像翻动着他们曾经的土地。”这些诗句在脑海上空飘浮，如吹不散的云朵，恒久静默。有那么一个瞬间突然惊醒，她所有的温暖都是一种呼唤吧，也许是递给疯女银枝的那块西瓜，也许是久久凝视农民工的眼神。无论肢体的还是文字的，那是她呼唤的方式，试图唤醒在尘嚣中冷漠的人群，回归万物生灵，相依而暖。我想，这即是她一篇篇文字存在的目的和意义，更是她一片澄澈冰心、尽数倾于尘世的玉壶。

记得她说，若有一天不再写作，她愿做一个舞者。写作于她，或许真的是一条朝圣路，晨钟暮鼓、柴米炊蔬的烦琐，在笔下一一罗列整齐，所有情思、人物、故事的来路去处脉络清晰，虔诚，认真，没有半点马虎。我们都是平凡的女子，注定在烟火中负重前行，当渐行渐远的生命被文字渗透，岁月终于关上了厚厚的帷幕。“有些时候生活是一道单选题。所有的选择在我们还懵懂时，就都已做完。错了，便很难改正。我们必须为我们的责任和义务以及道德，献上我们人生的岁月、爱情以及欢乐，就像祭品。”那么，幕落时，亲爱的姐姐，我们愿意看着你，在春夏秋冬，如蝶一般，微笑着起舞。

这夜不负我。一路沿文字的微光，寻到了她敛羽而栖的那处烟林。暮色苍茫，水声流淌，微风轻拂，落了一身的，是雪花白？还是梅花香？当我沉沉睡去，谁会用一双三十六度半的微温的手来握住我一贯冰凉的指尖，携我寻花、倚桥，看云烟尽处，有千山暮雪，有离离梅影，有淡香满衣。

2018年1月8日夜

（西子绿：原名张燕，沧州市任丘人。

锦心绣口，文笔细腻，著有多篇小说。）

目 录

第一辑　偷得浮生半日闲

听鸟说甚，问花笑谁

最喜欢这样的时光，约三五意趣相投之人，于细雨绵绵或大雪纷飞之日，品茗、听琴，围炉小酌，随意漫谈，实可清心解忧。

一日，于墨缘堂主俊卿兄处，得观王春江先生画作《养懒图》，图中，一老者依石而卧，意态闲适，面前一书、一壶、一盏，线条简洁，用色轻雅。题曰“最大好事为无事，头等养生为养懒”，字画俱佳。我不禁拊掌大赞。友天涯剑客观此图后，题《踏莎行》一首：“懒就红尘，闲抛意态，风风雨雨蓬门外。清茶薄酒伴书香，壶中自有乾坤在，御鹿游山，骑鲸钓海，日出日落难拘碍。飘然踏破路八千，鲲鹏羡我齐天籁。”我曾几度欲索此图，皆被堂主所拒，堂主言“舍不得，还留着养懒呢。再得一幅，还是舍不得”。看来，红尘喧嚣，喜欢无事养懒的，不止我一人。说是养懒，其实养的是一份心境，一份“得自在”的禅意。

夜读《小窗幽记》，忽见“佳思忽来，书能下酒；侠情一往，云可赠人”一句，甚为可心，于是请光煜兄为书。光煜之书，字出汉简，带着汉简的率性与天真，极具空灵质朴之韵，正合此联意境。我将此联挂于墙上，于读书写字之暇，偶尔观之，顿生爽朗磊落之意。其实，不论写字也好，作画也罢，于我等来说，不外乎修身养性，以己之长，抒心之情怀。形式并不重要，重要的是，找到一个最适合自己和自己最喜爱的方式。

昆明昙华寺的院子里，两殿门上，各有一块匾，前匾是“听鸟说甚”，后匾是“问花笑谁”。两匾相对，寥寥八字，禅味深长。仅于艺术而言，窃以为，穿行于红尘，能够停下来，听鸟说甚，问花笑谁，为初窥艺术之门境；处山水间，听鸟说甚，问花笑谁，深怀执着之心，在艺术的道路上苦苦追寻，深得艺术之精髓，为第二境界；在千山鸟飞、万花盛开的时候，能够把“听鸟说甚，问花笑谁”改为诘问句，面对乱花渐欲迷人眼之象，微微一笑，飘然而过。如此内心空灵，不执着于物象，才是最高艺术境界的得道之人。

意外邂逅

回家的时候，走至楼门口，瞥见旁边的垃圾箱上，有一堆杂乱的纸张。一本旧的《读者》，孤零零地躺在那里。

我的心一动。

它看上去有些落寞，像是一件旧时的华裳，在日复一日的光阴里，它的美丽渐渐褪色。在主人眼里，它成为多余的东西，于是，在这一日，它被当作垃圾扔了出来。

即便是这样，它仍是与众不同的，就像一个人，有着独特的魅力和气质，会散发出无穷的光华。我凝神了它几秒钟，只是闪过瞬间的犹豫，便伸出手把它带回了家。

清理干净覆在封面上的尘土，它露出沉静的面孔。

这是一本 2006 年 12 月的《读者》。在我一贯的印象中，《读者》的每一篇文章都是精品。这一本亦不例外——

有雪小禅的作品《已经很好了》。同学毕业十年相聚，一位女同学，虽然生活窘困，境遇堪怜，但她那种安贫乐道的生活态度，让“我”以及自以为事业有成却内心浮躁的同学们清醒了许多。“已经很好了”，因为“幸福指数全在自己掌握，心态才是最重要的因素”。

有写闻一多婚姻的《玉箫牙板听红豆》。闻一多，这个新文化运动中的杰出人物，娶的却是从小定亲的姨表妹。虽然是包办婚姻，却因女子的知书达理、静娴聪慧而相守终生。可见美满的婚姻，不仅仅因为有爱，还在于上天的眷顾，赐给自己可遇不可求的佳偶。

有《还原白求恩》，告诉我们白求恩鲜为人知的另一面。在政治信仰上，他是一位共产党员，是一名坚定的无产阶级战士。在生活中，他不仅是一位蜚声海内外的胸外科专家，还是一位画家、诗人、批评家、教师、演说家、发明家和医学著作家兼理论家。他对艺术品的鉴赏能力也非比寻常。读过这篇《还原白求恩》，让我对白求恩肃然起敬，充满了钦佩。

还有著名作家池莉的作品《一颗自己的心》，她写了自己从童年至今的奋斗历程。她说：“几十年来，我为我所有的心分裂着、焦虑着、奔忙着、顾此失彼着，直至精疲力竭。某一天，我安坐在我的旧藤椅上，命运之神翩然光顾，让我了解了自己的心——这种自我了解如醍醐灌顶，让我欢欣鼓舞。”原来每个人都有自己的困惑，值得庆幸的是，我们有机会找回了自己的心。

读过了所有的文章，这本《读者》被我安放在专门收藏杂志的箱子里。

记得很久以前读胡适先生的散文《母亲》，他说自己的母亲会把他写过字的纸或是地上被扔掉的有字的纸拿来一一烧掉，以此来表示对文字和纸张的敬畏。这个细节，至今被我清晰地记得，唤醒了我对文字的尊敬。以至于那些上学时我曾经用的课本、作业本，我读过而又不再需要的杂志和书本，我都会收在纸箱里，卖给那些专门收旧书旧报的人。

如果有一天，这些有字的纸，被打成纸浆，制成纸，重新走进他人的视野，那么，至少它们不会在某个角落流浪，不会满脸污垢，它们的重生或毁灭，带着我内心对文字的敬仰。它们是安详的，我也是安详的。

决绝的坠落

年头岁尾，一切都显得那么匆忙。这一天，那支跟随了我 13 年的钢笔，再次趁我不备，从一堆文件中纵身一跃，在我的惊呼声中，它以头抢地，蓝色的泪水四溅，决绝坠落。

我将它从地上捡起来，痛惜得直跺脚。

我不知道它是太累了，执意要用这种方式彻底休息，还是那些式样繁多、功能各异的一次性笔，嫉妒我对它的不离不弃，这一次，它再也不肯陪我在纸上纵横，终于弃我而去。

我是有预感的。这一年来，它像个被我宠坏的孩子，以不同的方式，一次次从我眼皮下溜走又回来，我被它隔三岔五的失踪弄得心神不定，它却以这种决绝的方式，宣告我与它的缘分彻底结束。

它只不过是一支普通的英雄牌钢笔，枣红色的笔杆，银色的笔帽，十三年前由一个朋友随手转送的，从此它一直陪伴着我，再也没有离开过我。

这么多年，它已被我五花八门的文字形式、酸甜苦辣的文字内容磨炼得绵软光滑，每个用它写过字的人，都说用它写字的感觉好极了。它知道我的每一件心事，知道我的欢乐与悲苦；它见证了我十几年来的工作路程，见证了我的辛勤与扎实。它跟随我开会、学习、写日记、写稿子。我一手娟秀的钢笔字，也是在它的笔尖下一笔一笔练出来的。十几年来，我换了许多本生活日记和工作日记，唯一没换的是写日记的笔。它随我北上首都，南下上海，东至海滨老龙头，西游延安圣地，是我工作生活的伙伴。它在我身边时，我并没有特别重视，但它有片刻的游离，我就会觉得不便。

我的案头有很多支笔，它们大都插在我的笔筒里，只是偶尔一用，被别人顺手拿走的不计其数，我也从未觉得有什么可惜。唯有它，我总会将它放在我右手的第一个抽屉里，一来是用着方便，随手可取；二来我是害怕它的不辞而别。

但它并不安于现状，经常给我制造些紧张空气。它常常趁我不备，从我的书本里、文件中跳跃出来吓我一跳。我虚惊一场后，它又一副安然无恙的样子。有几次，它隐藏起来，很长时间不现身。我以为再也找不到它了，它又会适时地出现在我的手提袋里，或某一个不引人注意的角落里，让我着实惊喜一下。我后来对它这样的失踪颇有些不以为然——任何花样，玩多了，就不新鲜了。

也许我的不以为然，让它感到了漠然；也许它对这种没完没了的纸上行走，已经厌倦。这一天，我整理文件时，将它夹在一摞文件中，忘记了盖上笔盖。我当时接了一个电话，站起身喝了一杯水，等我拿起这一摞文件时，它突然没有任何征兆地跳跃着，划出一道优美的弧线，“叭”的一声，清脆着地。

我手里握着它，呆呆地站了半天，不知所措。它的笔尖着地，陷于笔头中。冷静下来，我匆匆跑上楼，去找万能的吉祥师傅帮忙，吉祥师傅是出了名的巧手师傅，什么东西坏了，都可以在他手里起死回生。我心存侥幸地把笔递给他，他看了看，惋惜地说：“修不好了。即使把笔尖取出来，恐怕这支笔也不能用了。笔尖彻底损坏了。”

我有一种彻骨的痛惜。

如果它只是以一种逃离的方式离开，我还会有些许幻想。它或许是停留在某一个爱它的人手里，感受到他人的体温和呵护，那么我也只是有些惆怅。但它在陪伴我走过这么多年后，在新的一年就要开始时，彻底退出我的生活。

我一时间有许多不适应。

同样的感受，以前也有。曾经用了多年的一面巴掌大的小镜子，陪我度过了八年的学生住宿生涯，在我将要毕业参加工作的最后一学期，被我失手摔碎。一件深蓝色的纯棉睡衣，跟随了我十几年，直到洗得薄如蝉翼，千疮百孔，那柔软的感觉仍让我恋恋不舍，不忍丢弃。一件拇指大小的生肖虎，珍藏了许多年，被好奇的女儿失手打碎，我清楚地记得，我当时大叫一声，吓得女儿不知所措。那种痛惜和不舍！

我是敝帚自珍的女人。

一切都是缘分。我不知道冥冥之中，是什么左右着它们，让它们以不同的方式，悄然潜入我的生活，又在一个偶然的时机，戛然退出我的生活。

当我以一种忧伤的方式想起它们时，我知道，那个词叫作怀旧。

买书偶记

一

很久没有去买书了，周日，我和璇玑直奔图书批发市场。

先去二楼的星云书社，它主要经营青春文学类的图书。在店门口，有郭敬明和漂亮老板娘的合影，煞是招人眼球。

璇玑选了两本，《最后的王妃》（五、六）。这样的话，她就凑齐了一套。她很会“打劫”——她拿书，我买单。没办法，谁让我是她的“母上大人”。

我选了雪小禅的《戏子》。雪小禅的书，大部分我都有，她送的和我买的各占一半。最新的《刹那记》是友人风荷网购了两本，送了我一本。

星云的老板，是我的老乡，每次来买书，都是最低折扣。所以只要这儿有喜欢的书，一定要先买下，可以省一大笔银子。

二

上三楼，进春风书社。春风经营的大都是学术性比较强的读本。几大出版社在这儿都有专门的陈列柜台，我许多书都是在这儿买的，像叶嘉莹的诗词赏析系列、黎东方的说史系列、傅佩荣的哲学系列等。

春风书社的会员门槛很高，以前是必须购书两千元以上才可成为会员，优惠的幅度也只有5%。现在为了促销，店家新贴出告示，购书五百元以上，即可成为会员。

图书城的书店，每家有每家的特点，所拥有的读者群也不同。到春风书社来的人也很多。我转了一圈，发现了一套国学系列的读本，五元一本，翻了一下，正版，印刷、纸张都很好。挑了其中八本，才四十块钱，回到家里仔细一看，真是像白捡来的宝贝一样。如果家里有上学的孩子，买一套非常划算，精华、简洁、易懂、可读性强。

店里的广播有轻柔的音乐，有图书介绍。这时广播里播出了寻人启事，不知是哪位粗心的父亲，自己沉浸在书的世界里，儿子走丢了也不知道，孩子被好心人送到图书城的警卫室。还好，孩子知道自己父亲的名字，总算是有惊无险。

三

四楼整个一层，是秋林书社的地盘，它是这个图书城最大的店铺，号称“拥书十万”。我每次来这儿都会晕，人多书多，转着转着，就找不到北了。

现在的书店，有一个好处，不拒绝蹭书读者。但书店一般不设座位，蹭书读者必须有足够好的体力，否则站几个小时，脚也受不了。所以，蹭书读者大都是年轻人。也有体力不支的女孩子，捧了书席地而坐，店员也不会干涉。感觉真好啊，都是爱书的人。

想当年，我也是蹭书一族，经常去书店蹭书，书店自然不乐意。幸亏有一个店员是单位同事的妻子，每个周末，经常去书店蹭书，一待就是几个小时。很多有关红学的书，就是那时读的。

在秋林买书，一定要有耐心，才会淘到自己最喜欢的书。转了大概两个多小时，经过反复筛选，剩下四本，其中有一套《脂砚斋重评石头记》(甲戌本)，岳麓出版社出版，横排红字批注，是我寻了很久的。女儿看了半天价钱，发现挺贵的，问我："你确定要这套吗？"我点点头。

另一本是周汝昌先生的《红楼真梦》。周先生对红楼梦的研评，无人能及，他对《红楼梦》后四十回的走向，分析得比较清晰。说实话，我一直感觉，他是读过曹雪芹《红楼梦》全本的。

还淘了一本《读库 0706》，有漂亮藏书签，其中有介绍"冬皇"孟小冬的、评金庸武侠作品的、写国宝"白鱀豚"的，篇篇精彩。

秋林的会员门槛不高，只要单次购书一百元以上，累计两百元以上，都能成为会员，优惠幅度从 3%—10% 不等，累计越多优惠越多。

春风和秋林两家的会员卡，我都有。书都是正版书，买得放心。

四

我买书，一般都是买自己喜欢的，会通读。一些最喜欢的，还会精读。

一个人买书，如果只是买回来便束之高阁摆样子，这个人，一是虚荣，二是花心。

一本书，当你在千万次找寻中相遇时，她如此吸引你，你把她带回家中，她与你相守相伴，像是爱人，唯一且忠实。如果，你不去爱惜她，读懂她，不是花心，是什么？

听戏与看书

小时候看戏，我是不大懂的。大剧场里，乱哄哄的，只听得演员在台上咿咿呀呀地唱，大概是山西梆子特有的锣鼓和梆子，敲起来铿锵作响。我不喜欢听，也不喜欢看，只觉得凌乱。

及至后来，中学的时候，有一次我去省城姑妈家。姑夫是浙江杭州人。她家的录音机正放着越剧《追鱼》。听惯了北方的锣鼓点子和粗犷高昂的声音，乍一听这吴侬软语，管弦丝竹，心一下子就融化了。不说唱得如何动听，单单是那些道白也带了几分委婉。

那时在北方，能听到的越剧也就是电影《红楼梦》《梁祝》《追鱼》，以至于只要是放这三部电影，我是必定要看的。看得次数最多的应该是《红楼梦》，心里就打下烙印，林黛玉就应该是王文娟那样柔弱愁苦的样子。后来我偷偷找来一套《红楼梦》，囫囵吞枣地读了一遍。读罢，当时只觉得此书索然无味，还不如戏剧有情节、有故事、有意思。等我高中毕业、升入高校学习时，有大块的时间，再沉下心来细读，方觉此书内容浩瀚精深，一路读来，只觉口齿生香。

此书终成我此生最爱。有时是从头精读，有时是翻到哪一页，就读到哪一页。每一遍都有新感受和新发现。

我迷上金庸的书，是因为一部《射雕英雄传》。但读遍“飞雪连天射白鹿，笑书神侠倚碧鸳”，最后还是觉得《射雕英雄传》是最好的。这也许是应了金迷现象——你最初接触到的金庸小说是哪一部，往往终身最喜欢的，就是哪一部。

我喜欢《射雕英雄传》，是因为它的内容涉及之广，和《红楼梦》有一比。都是写爱情，论写人情练达，无书能出《红楼梦》之右，但论故事情节的跌宕起伏，显然《射雕英雄传》更胜一筹。《红楼梦》借的是神仙的口，写的是人间的事。而《射雕英雄传》却踩的是历史的肩，写的是人间童话。

《红楼梦》被各个剧种改编成多个版本。昆曲《红楼梦》、黄梅戏《红楼梦》、京剧《红楼二尤》、豫剧《黛玉葬花》、晋剧《楼台会》等，最经典的还是越剧《红楼梦》，现在还拍了二十集越剧《红楼梦》的电视连续剧，虽然过足了戏瘾，但终是觉得不如折子戏精致好看。

以前，很少听戏，而如今，能有耐心看一整出的戏。偶尔翻到名家教唱，还会跟着学一段。唱是唱不好的，但从中学会如何欣赏戏剧的唱念做打。京剧自不用说是国粹，单是黄梅戏、吕剧、川剧等这些小戏种，现在也非常好看好听。

当然我最爱的还是越剧。为了生存和发展，现在的越剧做了很多有益的改进，如道白不再那么难以听懂，唱词尽量接近北方语音，在伴奏中加入电子乐器等，使越剧更具生命力。

戏剧中的很多故事，大都来源于历史或者是民间传说。看戏听戏时，对于不太明白的，我就去翻书，寻根究源。那戏，竟是加深了我的了解。于戏，我还是个外行，但仅看个热闹，就让我受益匪浅。

听戏与看书，有如此的妙趣和联系，也是我不曾想到的。真是应了那句话，书读得越多，越觉得自己无知；戏看得越多，越觉得人生如戏。

没有名字的尤氏

《红楼梦》中，有名字的有上百人。从宝黛钗、元迎探惜，到抱琴司棋、侍书入画，每个人的名字，均可谓意味深长。没有名字的也有很多，比如贾府的老太君贾母、宝钗的母亲薛姨妈、宝玉的母亲王夫人等，多以姓氏冠以称谓。书中有三个重要的角色亦没有名字，这三个人，在书中，比起那些丫鬟小厮来说，出场次数居多，仅以长幼称谓，这三个人，就是尤氏三姐妹。

这没有名字的三姐妹，皆有故事。尤二姐与尤三姐在偷娶与退婚一节，各有重墨。唯尤氏，作为凤姐生辰的主要操办人，只写了寥寥几笔。

贾母给凤姐过生日，发动大家凑份子，不论主子丫鬟，都依例出了份子，一共是一百二十两，交给尤氏去张罗。一百二十两是什么概念——在当时，二十两银子，一户农家就可以过一年的小康日子；一百两银子，便可置几亩地，买一处青砖灰瓦的四合院。拿到今天，这一百二十两，怎么说也得是五六万元人民币的概念。过个生日，摆几桌酒，任是山珍海味，也是花不完的。这一点尤氏比谁都清楚。

于是，这一路走来，尤氏先是将平儿的份子钱退了，然后是鸳鸯的，王夫人处的彩云的，周、赵两位姨娘的都悄悄退了。以前读《红楼梦》，我是不大注意尤氏的，这一段也未曾认真研读。某一天又重读这一段，恍然发现，尤氏这个人物，虽一直悄无声息，却一直在那里，让人无法忽略。

尤氏作为贾珍的续弦，掌管宁府，虽不若凤姐雷厉风行，但身在侯门为族长之妻，必然是个精明的人。她入府多年，自知娘家背景来历非树大根深，要想在这两府里立足，必是左右逢源，用足了脑筋。且不说前回在可卿的丧事上，她是如何隐忍不发，单说这一次凤姐生日，这份子钱的退还上，就显出她如何笼络人心的手段。

且看她退钱给的这几个人，平儿是凤姐的心腹，鸳鸯是贾母的拐杖，彩云是王夫人的贴身丫头，周、赵二位姨娘是贾政的“妾”，吹得可都是枕边风。这几个人，个个都是荣府上层管理人员身边的人。尤氏并没有把哪个主子小姐的钱退了回去——这些主子小姐们，不差这二两银子。但在等级分明的两府里，二两银子是这些姨娘丫头们一个月的月钱，她们要靠这点银子过活，自然会感激她，会记得她这份情。收钱时，尤氏曾不忍收周、赵二位姨娘的，说明她不是苛刻之人，退钱时，考虑周到，说明她心思缜密，做事功利。

这一段，是《红楼梦》中描写尤氏文字最多的地方。曹公惜字如金，笔墨都用在刀刃上。

再注意一下，尤氏出场的地方，每次只有她和凤姐说话最随意，甚至像乡下村野女人一样开玩笑、对骂，彼此间颇有些惺惺相惜的感觉。可以说，尤氏与凤姐的关系，应该是两府中比较好的。只是在偷娶尤二姐这件事上，“尤氏却知此事不妥，因而极力劝止。无奈贾珍主意已定，素日又是顺从惯了的，况且他与二姐本非一母，不便深管，因而也只得由他们闹去了”。以她对凤姐的了解，她是知道这件事后果的严重性的。

因尤老娘只是尤氏的继母，尤氏与二姐、三姐是同父异母的姐妹，所以她虽言语提醒，却没有拼死拦下。这并不是她冷酷，而是性格使然，逆拂贾珍的意思，又得罪妹妹尤二姐和贾琏，两头不讨好的事，她是断不会坚持的。

她这一撒手不管，不仅与凤姐交恶，而且还断送了尤二姐的性命。凤姐大闹宁国府时，说她"只会一味瞎小心图贤良"，而尤氏只是"哭诉"，最后，"摆了饭，亲自递酒拣菜"，对凤姐赔不是和小心。凤姐找回了面子，但对尤氏来说，她事事以贾珍为主，并无大错。这件事，并未减损她在两府的威信，在当时"三从四德"的时代，她自然分得清、拿捏得准事情轻重。

尤氏是贾珍的续弦，从尤老娘领二姐、三姐在宁国府暂时居住的情况来看，尤氏一门境况相对窘迫。相对于小门小户或者落魄家族的娘家来说，尤氏作为一族之长贾珍的妻子，她一定会要求自己恭良淑德，才能不被歧视和排挤，所以"素日是顺从惯的"。每次大的活动，如元春省亲、春节祭祀、中秋赏月，她都做得分毫不差，进退拿捏得十分到位。平日里，作为一府主母，她对待下人亦很少严苛，所以两府里，尤氏的口碑都很不错。姐妹们对"珍大嫂子"也是非常尊重的。历次诗社、聚会等公开的活动也都会邀请她前来。

尤氏与凤姐，同为两府的女管家，但做人要比凤姐留有余地，做事懂得分寸，遇事能够隐忍，虽不知曹公后四十回会如何收尾，想来尤氏的结局一定要比凤姐好上很多。

尤氏出场，大多作为背景人物，见缝插针带上一笔，很少动用大笔墨。但就这寥寥几笔，人物仍是筋骨俱在、血肉丰满。

曹公之笔，红楼从无小角色，即便无名又何妨。

多情剑客无情剑

这些年，我一直在关注张楚。大约是在 2011 年的时候，我在新浪搜索到他的博客。那时，我读到他的第一篇文章，是他的散文《我和我居住的小镇》。

张楚的散文有小说的味道，而他的小说有散文式的浪漫。他文字的底色是灰色的，有可以触摸到的忧伤。在他的作品之外，总有低低盘旋的叹息声。这让我常常想到，一个皮肤白皙、眼神忧郁、手指夹烟、颀长干净的男子——这是他文字展现给我的幻觉。事实上，我看到的张楚，个子高大，眼神中有着淡淡的羞涩和温和，做事沉着稳健，是非常有质感的一个男人。

张楚从来没有拿出一副讲故事的架势。他的小说，仿佛是漫不经心的聊天，或者随意在画纸上的勾勒，线条浅淡，又或者，在生活的长卷里，用镜头裁下一小段，让那些藏在皱褶深处冰冷的、温暖的、理性的或非理性的生活，放大，再放大。

小说，是一个人世界观最明白的表达，尽管这种表达是秘而不宣的。

但有意无意间，透过张楚作品中的人物，我们仍隐约读出当下这个时代，生活在最底层的小人物的焦灼、无奈与悲伤。比如《地下室》中的曹明娟、《七根孔雀羽毛》中的宗建明、《曲别针》中的志国和《蜂房》中的老五。对我而言，《蜂房》更像是一个梦境，跳跃、无序、混乱。这个时代，物欲人欲泛滥，却无法填满内心的荒凉。思想找不到领袖，于是人们一直找不到“蜂王”；灵魂找不到归宿，所以“老五”的生活总在游荡中；“我”渴望温暖，但“西亚”只存在于电话的另一头，人们难以找到那扇通往阳光的大门。或许，通过《蜂房》，张楚想表达的，正是“浮生意凉，大梦一场”的空旷和寂寥。

在张楚的小说中，更多时候我看到的是混沌。因为这种混沌，让他的小说呈现出一些丰富的具象。他笔下的人物，全是生活底层最普通的小人物，比如贫困的农民、小镇里的普通人、小公务员。人物没有好与坏明显的界限。实际上他一直在写人性，每个人的行为都有自己的理由。比如《夜是怎样黑下来的》中的老辛，是我们生活中常见的那种善于算计的精明人，当不大不小的官，享不多不少的清闲，自视甚高，让人感觉“云淡风轻”，实际上却是“当家主事”之人。当生活中出现了他不能掌控的因素时，他表现出来的是一种惊慌，如同居室中出现蛇蝎之类的动物，他采取的直接行为就是驱赶清除。所以他用各种各样的手段，逼迫儿子与女朋友张茜分手。但生活就是这么奇怪，不会以你的意志为转移，新生的力量总是充满了生机，而对手又是一个“有隼一样眼神”的人，所以老辛在对方嘤嘤的哭声中，轻而易举地败下阵来。其实，老辛有错吗？没有。晶晶有错吗？没有。张茜有错吗？没有。李素芬有错吗？没有。每个人都在按照自己的世界观和方法论活着。不同的世界观和方法论发生冲突，就产生了故事。张楚是个机智的人，他把读者领进故事后，当读者还在其中纠结苦恼、思索故事的来龙去脉、判定人物的是非对错时，他早已全身而退。

张楚的小说，技巧娴熟，文字老到，举重若轻。庖丁解牛，除了熟练的手法，要的是一份置身事外的冷静和明了。《夏朗的望远镜》中的夏朗，《长发》中的王小丽，《细嗓门》中的林红，《樱桃记》中的樱桃，在生活的夹缝中，他们活得身不由己，疲惫而沉重。张楚冷静甚至冷酷地把人物的命运剖开来，放到读者面前。当我们内心泛起涟漪、悲叹人物的命运的同时，我们是否也在悲叹自己？《地下室》《七根孔雀羽毛》呈现出的大气磅礴，很多人都注意到了。它让我想到麦子的一句话："上帝给了我许多食物，我把它塞满胃里，却仍然饥饿。"物质生活的满足，不能替代精神需求，这是这个时代发展过程中精神构建的缺失。

张楚说："现有的世界——刻板的、想象力越来越贫瘠的、以金钱衡量人生的、人性越来越贪婪自私的世界让我感到窒息和厌恶，所以，我的潜意识里，总是企盼……将这个作茧自缚的世界撬开一个洞口，让我日益混浊的呼吸更顺畅、更自由。"你读过他的小说后，能看得明白作者故事背后深刻的蕴意，那很好；若你仅仅看到的是一个故事，那么也不要紧，掩卷时，若它能让你产生怅然若失的感觉，那说明他的故事引起了你潜意识的沉思。比如，"古道西风瘦马"，你可能意识不到"断肠人"的伤感，但"小桥流水人家"的景色依然会让你生发美感。这是同一个道理。一篇小说能做到这一点，毫无疑问，它一定是一篇好小说。

张楚的小说在一些意象的选择上，仿佛信手拈来，却往往意味深长。小说《我们去看李红旗吧》里，一群人要去看李红旗，在去找李红旗的过程中，最后因为四哥酒后驾车、在高速上撞死了牧羊人而无法抵达。小说到最后，李红旗都没有出现过，她只是一个象征。张楚给人物取名"红旗"寓意很明显。李红旗究竟漂亮不漂亮，每个人都充满种种猜测，如同我们的内心，每个人都曾有过理想，有过美好的向往。在通往理想的路上，每个人都会遇到各种各样的路口、各种各样的事情，但因为这些事情，我们最终没能到达我们的目的地，没能实现那些看上去十分美好的理想。又如《七根孔雀羽毛》中的七根羽毛，它们仿佛神来之物，看上去似乎没有特别明显的喻义，但等你掩卷时，它们仿佛又有无限的蕴意。它们是宗建明未来生活的美好希冀，是宗建明内心坚守的七彩光芒，由于它们的存在，宗建明一切合理和不合理的行为都得到了妥帖的解释。

这样的隐喻，在张楚的小说中，比比皆是。由于这些意象的存在，张楚的小说总显得那么意味深长。

张楚对小说整体的掌控，已到了炉火纯青的地步。他的小说，节奏感把握得非常好，张弛有度。比如《老娘子》，这篇小说不过几千字，写的是城市建设过程中的强拆现象。两个老太太为重孙子做衣服和虎头鞋，儿子买来棉花，老太太颇有微词。小说开头以如此舒缓的节奏进入，本来是一件非常愉快温暖的事情，让读者十分放松，但张楚只是写了隔窗的一句话，情势立转——拆迁办的人来了。今天两个，明天三个，后天一群人，仿佛十面埋伏的琵琶声，由缓至急，一波推着一波，让人感觉到“山雨欲来风满楼”。面对冠冕堂皇的劝说，老娘子这个革命烈士的遗属、老党员，一直沉默不语。紧接着村民自杀，邻居的房子被强行推倒了，在镇上工作的孙子快被开除了，这些仿佛是即将行刑的夺命鼓，一声声，催得人心发慌。最后，大铲车开到跟前，连一双虎头鞋都容不得老娘子绣完，读者的一口气都提在胸口。这时，张楚笔锋一顿，像是一声断喝，于高潮处戛然而止。这篇小说，通篇没有一句老娘子心理变化的描写，但这种步步紧逼的情势，让我们读到此已是冷汗涔涔，立生警醒。

张楚的小说没有多余的语言，看似漫不经心，实际上表述极为克制。他的小说语言轻灵，细节描写精准，比拟生动形象接地气，这让他的小说整体呈现出一种无法分割的状态。“增之一分则太长，减之一分则太短。”他的小说中，很多情节极具画面感。如《小情事》描写的是二十世纪八十年代初，县打井队的技术员与村里两个姑娘的恋爱故事。在写“我”去小卖部时，他写道：“小卖部里很黑，只有午时，阳光才会透过两个焊着铁栅栏的窗口射进来，在丢满了草纸的地面上打些歪歪斜斜的碎格。而周香云当时就坐在那些碎格子里，空气里飘游的浮尘一粒一粒清晰可辨，有些颗粒沾到她发丝上，有些颗粒浮游到她鼻翼下，在她呼吸之间像蒲公英的绒毛一样安静地飘走。而她的脸庞在阳光下有种不真实的白，仿佛她的头部就是一尊乳白的瓷器，若是用手去敲一敲，立马就会碎掉。”这完全就是一幅油画，仿佛这些人物触手可及。

我常常感慨，如果张楚去拍电影，他一定会是个出色的导演。读他的小说，让我想起河北卫视《天天说交通》节目中的交通事故场景——在VCR中，一辆车进入，一个人进入，另一辆车亦进入，然后，眼睁睁地看着它们撞在一起，车毁人亡。作为观众，隔着屏幕，我们感觉到不祥的气息，但无法阻止和控制事态的发展，只余那种无奈和惊心动魄的感觉。这时，我们记住了故事，却忽略了记录故事的镜头。而张楚恰恰就是熟练掌握镜头的那个人。

张楚曾说：“我希望我的眼神是清澈的，我的思想也是清澈的。我看到了暖，于是写了暖，我看到了悲凉，于是也写了暖，只不过这种暖，是悲凉后的暖。”于是，在他的作品中，我们看到了《大象》里失去女儿的农民孙志刚夫妇，在进城报恩的过程中被种种欺凌与磕绊，也看到劳晨刚执着的寻找；我们看到了《野象小姐》里不同时间不同地点的野象，在医院她是卑微的保洁工，在夜总会她是钢管舞舞女，在她收养的脑瘫儿子面前，她又是圣母玛利亚；我们看到了《草莓冰山》里一个瘸腿的男人带着小女儿艰难过活，而他的妻子却在另外的城市靠身体挣钱。生命本身的意义在于活着，而生活多像一盘冰沙，覆盖在冰沙上那一层红色的草莓汁便是我们困顿生活中的稀薄的甜蜜。尽管这种美好与温暖是那么微弱和渺小，但它们是我们内心活下去的支撑。对于这种温暖，张楚很少用笔墨直接渲染。在沉闷窒息的故事中，这种暖是缓缓透出来的，读到最后，让人往往生出一种压抑和心酸。

最后，要说一说《良宵》这篇小说。我认为，这篇小说之所以获奖，除了作品技巧上的完美与成熟，更多的是因为作品透露出来的暖色。一位老名伶，因不堪儿子的盘剥隐至乡下，遇到身染艾滋病的小男孩。男孩晚上总是来偷吃食物。出于悲悯，她总是做好了饭，等他来偷吃。当她得知他有艾滋病的时候，并没有惊慌或避开。一边是儿子指向的几十万元，一边是濒临死亡的男孩。她收拾皮箱，最终决定要去寻找男孩。世间的冷漠和挤压，并不能泯灭心中的善。小说的结尾，山坡上爬满了蒲公英和矢车菊。矢车菊的花语是遇见，蒲公英的花语是停不下的爱。这种隐喻，让我们感觉到一丝温暖，虽然微弱，但它一直在暗夜中亮着，依然灼灼夺目。

“多情剑客无情剑”，张楚是多情的，亦是无情的——用多情的眼光善待真实的生活，用手中的笔无情地剖析时代，冷静地解析人性。我们清晰地看到了，作为一个作家，张楚在面对这个时代时，用文字呈现给世人既柔软又强大的内心。

我曾在不同的场合多次引用张楚的一段话，今天，我仍然愿意把它作为这篇文章的结尾，与大家共勉：“我知道，这个世界远不是我用肉眼窥视到的那般纯净、美艳和光明，可我愿做一个心底怀有善意、眼睛透着微笑、灵魂深邃高远的普通人。我愿意用自己渺小的光亮照耀着自己。如有可能，也淡淡地辉映着他人。”

繁华过后成一梦

这是个关于爱情的故事。

于是，在这本名为《无爱不欢》的小说中，我们通过雪小禅，认识了林小白、周芬娜、戴晓蕾、顾卫北和姚小遥。

在这之前，我是怀疑爱情的真实性的。虽然我同林小白她们一样，是个“把爱情当饭吃”的女人，但这碗饭的味道过于丰富，老子说“五味令人口爽”，因为过于真实，反而让我产生疑惑。

其实，这是一个很平常的故事。在《无爱不欢》中，雪小禅写了三个女子的爱情经历，情节不离奇，故事甚至很平淡，但在雪小禅的笔下，林小白这个名字一下子就抓住了那么多人的视线——出版社将故事的前半部分贴在新浪、搜狐等十几家大网站上，这篇小说的日点击率、周点击率、月点击率均创网站新高。

能将一个平常的故事写出不寻常的效果，雪小禅应该算是个高手——就像最简单的白菜豆腐，烹饪高手能把它做成美味；最简单的罗汉拳，武林高手能让这简单的一招一式发挥出巨大的杀伤力。这些考验的都是一个人的功力。

一个敢自称是花痴的女子，一定是与众不同的。在这本书的序《花痴》中，雪小禅说："做花痴的女子，大抵愿意和爱情做一场战争，没完没了。"这样的女子，不是为爱情而生，便是为爱情而死。我相信雪小禅在写这篇小说时，会不止一次地痛哭。因为在我阅读的过程中，泪如潮水，盈满了我的眼眶，我不得不一次次停下来平息自己的心情。按理说，以我这样的年龄和阅历，我是不会轻易被打动和流泪的。看过了太多的风花雪月，经历过太多爱恨情仇以及悲欢离合，我自称是个冷眼看男人的女人，可这看似平常的故事，竟然还是让我止不住泪水涟涟。

读完这篇小说，我在这个初夏的中午抑郁了很久，甚至好几天都不开心。朋友诧异地说："是谁左右了你钢丝般的神经？"

我知道，是雪小禅用她细腻的笔触，探到了我内心最真最柔软的那一片地方。

雪小禅是个用心写作的作家。雪小禅对语言的驾驭非常自如，让人读起来有一种跳跃感。她的文字仿佛是有性情的，快乐时的轻灵、悲伤时的锋利、不时睿智的思索，让小说具有很好的可读性。这种文字的灵性，在小说中显得尤为突出。雪小禅的写作笔法细腻，对人物的心理描写把握得非常到位。两情相悦时的抵死缠绵，发生冲突时的不依不饶，爱背离时的绝望心情，都写得丝丝入扣。这篇小说中，林小白、戴晓蕾、周芬娜个性分明、鲜活生动，每个人物都很出彩。雪小禅把她们放在同一个故事里，做了最好的女友，如同《红楼梦》中的宝黛湘，每个人都是作者心中的最爱。有时她们是合为一体的，是"拿爱情当饭吃"的同一类人，是"骨子里有堕落欲望"的女人；有时她们是截然相反的，比如林小白爱得执着、周芬娜爱得坚决、戴晓蕾爱得飘忽。没有哪一种爱是错的，错的是造化弄人。我之所以这样说，是因为通过小说里的人物，读者就仿佛看到自己的某些影子。或喜或悲，或得或失，都仿佛真的发生过。这个故事吸引了众多眼球，赚取了许多人的眼泪，正是因为它既不矫揉造作，也不哗众取宠。人物的“真”，成就了这篇小说的“真”。

爱情只是个纠缠过程，当这个过程静止下来的时候，爱情便成了回忆。对顾卫北的猜疑，若是在林小白读大学的时候，她会暴跳如雷，会骂个狗血淋头，那是因为她还年轻，还有力气去爱、去纠缠，还有一股子冲劲，还有改变的可能。一旦她的爱用尽了，尽数给出，不再游移，面对顾卫北的背离，她的心彻底绝望。这就是为什么林小白在去深圳的时候，“还没有上场，我知道我已经败了”。

我们用了那么长时间寻找爱情，而永远的爱情只在故事中存在。你能怀疑戴晓蕾爱得不真，还是陈子放爱得不纯？我们带了各种各样的想象去现实中寻梦，但现实是残酷的。“命运与幻灭，仿佛两支相互跟随的箭，现实的风霜雨雪，以一种不可阻挡之势，把我们的梦想射穿。”戴晓蕾在天使与魔鬼之间游走，成也爱情，败也爱情。周芬娜虽然峰回路转，赢得爱情，却付出了生命的代价。

成熟，意味着失去之后还要失去，付出之后还要付出。

爱情没有终点，只有永远。所以周芬娜在唤醒了姚小遥的爱之后，黯然死去；顾卫北在令林小白绝望后，无奈地死去。此时的雪小禅是悲伤的，我是悲伤的，所有的读者是悲伤的。似乎不如此，爱情便不能圆满。爱情找不到出路时，只好让它涅槃。

我们别无选择。

轰轰烈烈的爱情最终不是归于平静的柴米油盐，便是归于心中永远的祭坛。有歌唱道：“爱到不能爱，聚到终须散，繁华过后成一梦。”即使是梦，也留下过痕迹。让我们还是随着雪小禅的笔，相信这世界上真的有爱情，相信爱情真的能永远。

新诗的表达

诗歌的语言，向来是各种体裁中最先进的语言。它不断地探索语言的最新组合，来更加贴近诗人想表达的思想。每当一种诗歌语言走向成熟，它便会迅速进入散文小说和人们的生活，从而变为常用语言。比如“黑夜给了我黑色的眼睛，我却用它来寻找光明”。又比如，最具有代表性的周杰伦的歌《菊花台》《东风破》《青花瓷》，歌词分明就是过去诗人常用的所谓先锋语言。所以，每个时代，当诗歌出现新的语言态势，会产生读不懂的呼声，也在所难免。

新诗的表达，是通过分行的文字，试图把小我眼中的事物、内心的情绪转化成大我。这时，语言是一座桥梁，而不是一种屏障。摒弃技法来讲，一首成功的诗歌，它会唤起大多数人的相同的情感。一首平平的诗歌，每位读者得到不同的感受，如同盲人摸象，你摸的是什么，就是什么。一首失败的诗歌，如雾里看花，只有自己知道，你说了些什么。

任何时候，诗歌都不是表现为简单的叙述，它一直体现着“言外之意”或“意味深长”。从诗经到古风，从唐诗到宋词，从第一代新诗到朦胧诗，再到如今，诗歌不是诗词的叛逆，恰恰相反，除了语言形式上的革命，新诗的表达正一步步回归古体诗的手法。借、比、兴、讽，万变不离其宗。

当记录的材质发生了变化，人们的表达也随之发生变化。纸张发明之前，你不可能像现在一样，把日常用语带入“简”中。记录材质的限制，决定了人们必须用最简洁的语言，记录更丰富的内容。活字印刷发明之后，诗歌的表现形式更为丰富。大量的史诗性质的诗歌更多地保存下来。到明代后期，物质水平极大提高，文字表述更为详尽，甚至出现戏剧、白话小说等体裁。

环境的变化，对诗歌的影响也是极大的。曾经耳熟能详的绿水堂前绕、远山满目青的景象逐渐消退，我们须回到前人的诗中寻找。在新诗中，此类的描写正由具象转化为意象。诗人无法找到心灵向往的家园，于是诗歌中充满失落、忧伤与批判的情绪就在所难免。这样的情绪，甚至成为大多数新诗的情绪。

新诗是讲究技法的。技法源于丰富的文本和熟练的语言控制力。

尽管社会对新诗有无数不解、非议，但作为诗人，我们很难用哪一个成熟的理论去批驳。这是因为新诗还太柔软，它长成一个独立的个体，还需要时日。我们一代代的诗人，需要努力地把新诗喂养长大成熟，让它成为一个有独立的理论体系、独特的审美、完整技法的新文种。

任何时候，诗歌都不会死去，它和绘画永远走在所有艺术形式的最前列。为了满足人类精神发展的需要，我们要不断探索新的表现形式，从而更符合时代的需要，更符合当下人们的表达习惯。

新诗的阅读，其实与欣赏美女有异曲同工之处。有些妙处，只可意会，不可言传。如果像解析古诗或古文一样，一字一句来翻译，这是最不可思议的事情。佛曰：“不可说，一说即错。”诗人最初的写作，总是有具体的指向和意味的，但他不可能把这个意味具体化，否则就变成散文或小说了。

诗人与诗歌

一

诗歌是个精力充沛的小伙子，当然，我说的是诗歌的灵魂。它的生命语言，就是不停地向前奔跑。它的脚步太快了，如果你的心脏不够有力，往往会在中途掉队。在携带着诗歌奔跑的马拉松里，我们看到不乏有名将慢慢退出比赛。但我们不能否认，他们是伟大的诗人。

我们从他们手中接过接力棒，继续携带着它奔跑。或者说，是诗歌挟裹着我们一路前行。我们站在前人的肩膀上，一路向上，我们同时又成为后来人的台阶，这是命中注定的结局——只要你选择了诗歌，你就逃不出这宿命。

我们不是夸父，没有夸父的神力和执着。但我们不会后悔，如同那些曾经星光闪耀的名字，我们终将被历史湮没，并成为诗歌长河中的一粒尘埃。

诗人叶文福说："每一个时代都有自己的诗人，即使是阳光也不能同时覆盖整个地球。智慧的前人总是把后人举在自己肩上，希望后人比自己高。愚蠢的前人总是想把后人永远踩在自己脚下，没想到后人把他彻底打翻在地。"

二

很多新诗诗人从古典诗词中汲取营养，拆分或挪用，不是说这样不好，但任何东西用得太多，就如同日日饕餮，再美味也会令人产生味蕾疲倦。

更应该警惕的是，一些诗人一边享受着古典诗词带来的好处，一边鄙夷着古典诗词，嫌弃它的表现力太弱，语汇不够。不知者无罪，但把无知当成理由，则为世人唾弃。古典诗词的博大精深、美不胜收，足够我们享用不尽。作为新诗诗人，我们应该心生感激，心生敬畏，而不是狂妄自大。

三

诗歌的灵魂是阳春白雪的，但诗歌的身段不该故作清高。我们在避免诗歌媚俗的同时，也要注意诗歌创作不能过于晦涩。

诗歌产生于生活。拥有广泛的受众，才能让它枝繁叶茂。如果一味地追求语言的华丽、意味的曲折，而忽略了受众的感觉、无法产生共鸣，那么诗歌就会陷入无人理会的尴尬境地。当然，我们不反对诗歌是为个人服务的。我曾说过，诗歌是小众的，它是特立独行的，但特立独行不是任性。如果写作过于个人化、过于任性，那么诗歌就只能服务于个体，失去文学应有的教化作用。

离开生活，好比无本之木、无源之水，这样的诗歌终究会失去生命力。

四

新诗是对语言的再一次重组和创新。因为这种新的排列组合，语言再次呈现出它巨大的潜力，这让诗人们惊喜万分。于是，很多诗人过度沉溺于这种游戏，使诗歌语言背后的蕴意过于隐晦。当这些人把握了话语权时，只会让新诗越走越远，完全离开了普通大众的视线。

诗人叶文福说："把白话写成诗，而绝不能把诗写成了白话——绝不能，这是原则。"我认为，在这个生活语言和书面语言统一的时代，每个写诗的人都应该遵循这样的原则。

任何艺术形式，都来源于生活，最终还要回到生活中去，如果它妄图凌驾于生活之上，它最终会走向消亡。诗歌亦不例外。

五

诗歌，比任何一种文体都更接近生活，更直接地正视灵魂、本真和生命。某种意义上来说，它更像宗教，映照心灵、关照心灵，直接拷问生命的本真、追问真理。

纵观中国当下的诗歌，过多注重个体体验，注重文本的技巧，注重怎样把诗写得看不懂。所谓的诗人们，自己画地为牢，在这个小圈子里自娱自乐、孤芳自赏。这也是说到新诗，读者自动绕道行走的缘故。

诗歌，已被人为驾驭得失去了它的本来面目。

但，我坚信，只要交给时间来解决，新诗会发展成一个成熟的文种，有完善的美学标准。在时间的长河中，大浪淘沙，那些真正心怀大爱、关注生命与灵魂的好作品、好诗人，会留下来，并永远活在人类的记忆中。

融合与拿来

读到一篇文章《从中央电视台的CCTV说起》，有人对我们国家学习和使用英语的态度表示质疑。文章说：“英语文字日渐进入了我们的生活，并蚕食了很大的空间，对我国传统的中文文化形成了极大的冲击。”并对此可能形成的后果忧心忡忡。

事实上，在世界大一统的今天，传媒的多样化已经使东西方文化有了更多的交流。我们学习英文和各国学习中文，都是为了彼此间更好地交流，更深入地了解彼此间的文化生活。

纵观历史，每一种文明的消失，不外乎两种情况。一种情况是外族的侵入，迫使被侵略者改变语言，使被侵略民族文明湮灭，比如古埃及文明的消失；另一种情况是不可抗拒的外力的影响，使整个民族生命消失，文明亦随之消失，比如古玛雅文明的消失。

一种文明的生命力，不仅仅在于对它的守候，更多的是看是否能够学习其他文明的精髓，是谓“拿来”；还要看是否能把其他文明的精髓与本民族文化融会贯通，变他有成己有，使本民族的文化更加发扬光大，是谓“融合”。

世界四大文明古国，现在只有我们中华文明被传承下来并发扬光大。除我们的文明博大精深、源远流长之外，最重要的一个原因，就是我们这个民族善于拿来与融合，使我们的文明更具生命力和活力。

说到这里，不得不提一个人，那就是清高祖努尔哈赤。他对中华传统文化的延续，起到非常重要的作用。

满清入关前，后金使用的文字是满文，信仰的是萨满教。满文是由努尔哈赤主持创建的，满文的创立，不仅在东亚文明史上，甚至在世界文明史上都有非常重要的意义。就是这样一种重要的文字，满清入关后，努尔哈赤并没有勒令中原汉人停用汉字、普及满文，而是下令让八旗子弟学汉书，办汉学，请汉人学者讲学，并翻译了四书五经等经典书籍，生活与文化都进一步汉化。这样做只有一个原因，即他被我们中华文明的博大精深所折服了。

满文同西文一样，属拼音文字，当西方人来到中国时，是先学习了满文，然后将满文版的四书五经翻译成西文，再传到西方的。所以说我们将中华文明推向世界，这其中满汉文化的融合起到了重要作用。

我们不仅要看到本国的英文潮，也应该看到现在世界各地的中文潮。孔子学院在各国遍地开花，这是中西方文化碰撞的必然结果。如果说因此而派生出其他贪污或腐败的现象，究其根本，好像与学英文没什么直接的因果关系吧。

至于将来会不会形成一种文化上的侵略，这就要看哪种文化更具生命力。任何形式的文明都是形而上的，是有斗争、有生命力的。所谓适者生存，那些更具生命力和活力的，最终会流传下去。事实证明，世界四大文明古国，只有中华文明顽强地生存下来，并仍具有勃勃生机。今天，包括美国在内的几位国家总统，都在网络上晒出子孙学习汉语的视频。

应该说我们是幸运的，有这么丰富而源远流长的文化，让我们的精神世界充满了光明，那么我们需要做的，就是把我们如此优秀的文化传承给我们的后代，并使它发扬光大。

不用害怕有别的文明进入我们的视线，中华文明是一座大的熔炉，会把杂质熔化，吸收其他文明的精髓，并将之融合，我们的文明才更具生命力和活力。

这才是真正意义上的关注。

游走在文字中

文字，于我而言，像是生命中不可缺少的味觉。通过它，可以让我细细品味到生活中的各种滋味——酸甜苦辣，喜怒哀乐。

许多年前，我的文字大多数是被记在各种各样的本子里，以日记的形式存在着。还有一部分，变成了铅字。这一部分，最早的雏形，很多也是从日记本中转化过来的。我喜欢笔尖在纸上划过的感觉，像蚕，不停地吐丝成茧。

游走在文字中，是文字与心的对白。写的过程，就是一个思索的过程。

还是要感谢苦难。经历了苦难的人，才会懂得和体会到这是一笔多么巨大的财富。苦是心苦，难是做人做事难。更多的时候，我的文字，就是从思索开始的。这时，我才可以让我的悲苦与欢乐在文字中宣泄，让我的思想在文字中起舞。

偶尔还会翻动那几十本一笔一画写下的日记，甚至还有读中学时，写在日记中的学习计划——做多少题，背多少单词，那门课应该怎么做，考试后的自我分析。

合上本子，会心地笑。

文字，原来就是这样不知不觉地监督着我的成长。

至今，我还保留着那些习惯——在年头岁尾的时候，回头看一看，在这一年中，自己发生了哪些重要的事情，取得了哪些成绩，有哪些是想做而没做到的。再设想一下，明年想要做什么，提醒自己：好不容易活一回，不要轻易就虚度了。比如自己希望在四十岁之前出一本书，学会开车——因为没实现，所以就有紧迫感。

当然，我从不强迫自己，一切顺其自然。所以就算是最窘困的日子，我仍然把脊背挺得直直的，因为在内心深处，始终有一个声音在说：你的心灵是高贵的。

最后，我从不忘记留一份祝福给自己，如果没有别人祝福自己，那么让自己祝福自己吧！

因为有文字，这些看不见的思维，都变得真实和具体了。所以我常常说感谢文字，绝不是泛泛而谈，却是深有体会的。

用专门的稿纸写作，或者坐在电脑前敲打文字，是二十世纪九十年代才开始的。不过，脑子里灵光一现的时候，往往手边有什么，就记在什么上。那首《城市囚徒》就是从北京到天津的路上，记在一张报纸的空白处。“移动的速度越快 / 而我们的双脚正在蜕化 / 行万里路已成为一句典故。”《朋友》的第一节，是在印名片时，匆匆写在一页废纸的背面。“远远地 / 见你向我走近 / 走近了 / 忽又远了 / 一种友情 / 常常是 / 记得起笑容 / 记不住姓名。”这些句子，在不经意间就流淌出来。还有一次，在途中，心事浓重。“别！请别 / 轻易触动我含苞欲放的心情 / 我宁愿 / 就这样 / 悄悄地在静谧中凋零。”当时没有笔，只好用化妆包里的眉笔记了下来。

写东西时，有时很快——若有所思，心有所感，文字往往一气呵成。比如《把爱带进你心里》《我不是个好女儿》《到哪里找那么暖的手》《底蕴》等，因是真情实感，写起来毫不吃力，文字在笔下，如水倾泻。

有时很费劲——不外乎两种情况，一是文字不能随心所欲，自身驾驭文字的能力有限，不能把心中所想变成文字语言。说来还是功底不够。古人云："读书破万卷，下笔如有神。"还是需要常常充电。比如小说《不谈爱情》，比如某些诗歌的创作。一个人是不是下功夫了，从他的文字中就能略窥一斑。二是所触及的题材还不太熟悉，雾里看花，似懂非懂。在这样的情况下，落笔总是犹犹豫豫，反复斟酌和修改后，自己还是不满意。

因为文字，我学会了审视自己，学会了在红尘里抽出身来，返回到心灵，倾听心灵最真的声音。因为审视自己，才让我懂得，心灵的泉水是深埋在茫茫沙漠中的，只有拨开沙砾，才会发掘心灵的甘甜之泉。这时，我才会感受到，生活不全部都是苦难。是文字，让我真正学会感谢，学会认知。

因为文字，我所有的触角变得灵敏了。亲情、爱情、友谊，乃至一个细微的关怀，都常常让我感动。这些感动，又让我学会了关爱他人，懂得了应该保留什么、摒弃什么。文字，让悲伤和痛苦变成思索，让喜悦和幸福变得灿烂和永久。

就像一条鱼，寂寞而快乐，我自由地游走在文字中。

第二辑　遍拍阑干空惆怅

有谁曳杖过烟林

常常一个人。

也许是在灯红酒绿间，葡萄美酒夜光杯，笙歌彻夜，但这寂寞仍会穿过金碧辉煌的阻挡，如影魅贴身而来。刹那间，这世界安静下来，静得可以听到自己的呼吸和心跳。

一个人，就这样守在自己的城堡。任春花秋月，只当是园外的风景。

著名奥地利小说家斯蒂芬·茨威格的小说《一个陌生女人的来信》中，女人爱着这个男人，用了一生的光阴，而这个男人毫不知情。光阴渐逝，当女人韶华尽逝，告诉他时，他亦茫然。

歌德亦说：我爱你，但与你无关。从头至尾，爱情只是自己的事情。从花开到花落，尝尽生活百味，却从始至终只是一个人在和自己作战。

《红楼梦》中，林黛玉会为了宝玉给湘云使了眼色而怄气，会因为宝玉的丫鬟不给她开门而黯然伤神。她从来不会如湘云一般快人快语，爱或恨，都是用了眼泪。宝玉来劝，她亦说："与你何干？"长夜难眠，烈火焚心，一直在烧。患得患失，始终是自己的心在煎熬。

不停地寻找，到头来却发现，自己找的不过是自己的影子。

“寂寞西郊人到罕，有谁曳杖过烟林。”心中藏有一个锦绣江山，因为极爱，不肯招摇，鲜有足迹到访。

大凡这样的世界，最多的便是寂寞。不为别的，只为“弦断有谁听”。

这种寂寞，不仅仅是小众的。于每个人心中，都有这样的一个角落吧。只不过，有人一生从不明白为何寂寞，有人却一生为之守候。

这样的守候，向来是自觉自愿的。因为不肯迁就，所以不会因为孤独而放弃守候。

想来，这是多么有趣的事情。城外，人群熙熙攘攘；城内，城门紧闭，一片寂静空旷。自己就坐在这城头上，日日看世人来来往往，悲欢离合，却与己无关。

光阴，就在这样的守候中，成为流年。

我平常而简单的幸福生活

一

白日里的阳光，总是以虚幻的形式照进我的办公室。上班后，每天用拖把擦过水磨石的地板后，空气中就会有微微的纸香和淡淡的尘土味散发开来。

我沉迷于这样的气息。每每此刻，总会莞尔一笑，暗忖自己的前生今世，一定是与笔墨纸张结过缘的。否则，怎会如此贪恋这笔墨的陈香?

我曾自嘲，自己是守着故纸堆生活的人——可不是吗，四面是铁皮柜的档案室，装的可都是过去的记录。诚然，简单的记录不是小说，但历史的皱褶处，总是深藏了各种曲折的故事。但凡故事，总是有人生的起伏跌宕，辉煌或者黯淡。

办公室里唯一的窗，是朝西向的，早晨本来是看不到阳光的，但自从旁边筑起了住宅楼，大片的玻璃会在早晨映射出一个虚幻的太阳，再把光照进我的办公室。这样的光线，自然没有任何温度。仿佛一朵精美的绢花，看上去活色生香，却没有任何生气。

窗外曾经养眼的绿色，都消失不见了，三五年之内，新建的楼宇，吞噬掉所有的草地和大树，只剩下满眼的灰色水泥和白色墙砖。

上班的大部分时间，是我一个人在办公室。偶尔有事情，会有内线电话打过来，简明扼要。工作二十五年，没有乱跑办公室的习惯，我更喜欢一个人安静地工作，安静地读书，安静地写字，安静地发呆。

或许工作是枯燥而单调的，但我满意于这样的安静，喜欢这样的安静。“寂寞西郊人到罕，有谁曳杖过烟林。”纵然生活平淡，只要心有阳光，能独自安守心灵，何尝不是一种别人无法品尝的快乐与幸福？

二

每到周末，总会抽出一天的时间，陪父母聊聊天、做做饭、逛逛街。平时上班没时间，加上我一向懒散了，晚饭后，也很少去父母那里转一转，只是养成了每天打电话给父母的习惯。如果超过三十六小时不打电话，父母的电话一准会追过来——还以为我有什么意外呢。

一直以来，母亲总是认为我疏于家务，烧菜的水平欠佳。所以，平时或节假日的时候，我在家里只能做些洗菜、剥葱的事情。其实，自认为一般的饭菜，我做得还是可以的。但母亲心里认为我读书读得多，人都有点傻傻的，对做家务一向不内行。即便偶尔操勺，她在旁边看着，一会儿说该放酱油了，一会儿说该放醋了，反而让我紧张，不是火候掌握得不好，就是盐放少了。

这样一来，更坐实了我不会做菜。

更多的时候，母亲喜欢和我说说话聊聊天。我也讨巧地帮她做做简单的按摩，给父母剪剪指甲。我从小是外婆带大的，因此母亲家里的事情，我知道的也略多一些。陈年往事，我也会生出几分好奇，便经常会问起一些事情。这时，母亲常常会一边沉浸在回忆中，一边慢慢与我絮絮地诉说。

母亲和外婆都是为人善良、性情刚强的女人，每每说起过往，听她们是如何在艰难的岁月中顽强生活的，我总会生出几分唏嘘、几分敬佩。自己面对生活时，也多了几分果敢坚定。

父母都已年近七十岁，工作了一辈子，每个月能领到退休金，不用儿女们交养老金。虽然他们的身体多多少少都有高血压心脏病之类的慢性病，但他们都很乐观，按时吃药，生活起居规律，为人豁达善良，养花种草，休闲锻炼，自得其乐。他们常说的一句话是："不给儿女找麻烦，少给国家添负担。"

有这样的父母，真是一种幸福！

三

闲来无事，读书写字成为生活中重要的组成部分。几十年来，经历过多少酸甜苦辣，而文字给予自己的支撑和恩惠，只能用感恩两个字来表达。开心了，写写字；不开心了，读读书。

对于写字，我向来认为它只是一件怡情养性的事情。自己既不勤奋，也没有天分，既不指望它养家糊口，也不准备靠它博取虚名。所以，我只把写字当作一种生活状态，一件快乐的事情，即使有不开心的事情，也会把它作为一个倾诉的出口。

如今的我，对于小小的情绪，不再看得那么重。不再把它们置于笔下，放大或者具体化。这是一件好事情。它意味着，作为一个中年人，真正意义上的成熟。

成熟，多么惊心动魄的一个词。读过这样的诗句："成熟 / 意味着失去之后，还要失去 / 疼痛之后，还要疼痛。”现在回头看，那时对于生活的种种不如意，多了几分浮躁，少了几分波澜不惊。

波澜不惊。是的，我喜欢这样从容淡定、不为名利负累的写作状态。

写字，是需要感觉的。一个人，心里莫名的，似空荡荡，又似满当当，仿佛扮了彩、上了妆，不由得要唱出一段西皮流水，方解了满腔的悲喜。

写字，有时是一件极其快乐的事情。那些灵光一现的句子，被你捕捉到，像猎手捕到猎物一样，有说不出的兴奋。或许，有的时候，你根本不需要刻意地寻找，它们就会如飞蛾扑火般纷纷撞上来，你需要做的，就是迅速地用笔把它们记录下来。不用考虑它会不会发表，不用考虑迎合读者的喜恶。

这样的自然而然的写作状态，对我来说，真是一种幸福。

四

骨子里，我是个懒惰的人，所以我安于现状。我喜欢闲适的生活，尽管没有远大理想、容易满足，但我对工作认真负责，一日三餐无忧，爱自己所爱的人，被所爱的人呵护宠爱，父母年高而安好，乖巧伶俐的女儿懂事而体贴，生活中处处与人为善，俯仰间，问心无愧。

或许世界上有战争，有环境污染，有人心险恶，有钩心斗角，有不平等，但依然有香格里拉，有正直，有善良，还有心中的梦想。

幸福生活，不是物质的，不是他赐的，而是发自内心的，自给自足的，涓涓不息。

这就是我平常而简单的幸福生活。

懂得，不是情之必然

识得薛涛，是因为薛涛笺。薛涛笺，又名浣花笺，深红浅绿明黄的纸上，隐隐洒满细碎的水印暗花，像极了欲诉而不能言的心思。当这样细密的美，在笔下铺开，下笔时，唯恐字不空灵词不雅，而无法与之匹配。

我常常想，在那样潮湿溽热的蜀地，到底是怎样一个玲珑女子，能够制作出如此精美的信笺？她有着怎样与众不同的气度和聪慧？浣花笺的背后，映照着她怎样的人生？

细读《唐诗纪事》和《唐才子传》："薛涛，幼年随父郧流寓成都，八九岁能诗，通晓音律，多才艺。薛郧，仕宦入蜀，妻女流寓蜀中。薛涛十六岁，诗名已遐迩皆闻。父死家贫，遂堕入乐籍，薛涛姿容美艳，性敏慧，声通音律，善辩慧，工诗赋，名倾一时。脱乐籍后终身未嫁。后定居浣花溪。"这不足百字的简短记录，其中的波澜隐约可见。波澜起处有飞鸿，这个人，便是元稹。

遇到元稹，不能不说是薛涛的劫。

自古才子爱佳人，从来佳人爱富贵。如薛涛这般冰雪聪明的女子，出身官宦之家，既冷傲孤独，又风情万种，足以迷倒众生。虽过着玉粒金莼噎满喉的日子，但到底身在欢场，她的内心十分渴望“愿得一心人，白首不相离”的安定生活。而元稹早已抛弃了崔莺莺的深情，一路北上，凭他的才情考取了功名，又被政要的千金看中，招做东床。此时的薛涛与元稹，一个成熟、优雅、睿智，才色双绝，声名远扬，琴棋书画无一不精；一个英俊潇洒，壮志满怀，仕途顺风顺水，多情多金亦多才。更要命的是，在薛涛心中，元稹恰恰符合了她梦想中身骑白马的那位男子的所有条件。

聪明人与聪明人相遇，如此这般，两人诗词唱和、琴瑟和鸣，虽然年龄上相差十一岁，但彼此间那种默契与懂得，想不倾心都难。这种懂得，让阅尽千帆的薛涛跨过年龄的障碍，放下当时的盛名，从此洗尽铅华，一心一意守着对元稹的那份深情。“双栖绿池上，朝暮共飞还。更忙将雏日，同心莲叶间。”她希望从此以后，可以与元稹双宿双飞，再不分离。

在此之前，我总以为，爱情的最高境界应该是“懂得”。因为有了懂得，便可以天长地久花好月圆。所以张爱玲遇到胡兰成后说：“因为懂得，所以慈悲。”薛涛遇到元稹后写道：“揽草结同心，将以遗知音。”

而读到后来，月落乌啼，一地清霜，终于明白，“懂得”不过是一场智慧的游戏。男人懂得男人，不一定会是朋友；男人懂得女人，亦不一定是爱情。

最终，胡兰成抛下张爱玲，决绝而去。若干年后，尽管胡兰成用了许多笔墨，深情款款地回忆与张爱玲的种种，但那不过如宝玉悼晴雯而写《芙蓉女儿诔》一样，文采飞扬，辞藻华美，却看不出有多少伤情在里面。这样的怀念，像是获得一张名画后于上题跋，多多少少有些华丽丽的作秀成分。

最终，若干年后，功成名就、身居相位的元稹想起薛涛，却在去接薛涛的路上，被另一个姿色诗情皆出众的女子刘采春绊住了脚步，终未能与薛涛见上一面、再续前缘。

尽管，元稹曾写下千古名句“曾经沧海难为水，除却巫山不是云”，尽管，他后来与薛涛仍有诗词唱和，还写下了一首相当有名的诗《寄赠薛涛》：“锦江滑腻蛾眉秀，幻出文君与薛涛。言语巧偷鹦鹉舌，文章分得凤凰毛。纷纷辞客多停笔，个个公卿欲梦刀。别后相思隔烟水，菖蒲花发五云高。”但我相信，那绝不是元稹有多么思念薛涛，只不过是一场文字游戏而已。

对这样的男人而言，江山折腰，功名误人。爱情不过是蜻蜓点水，如华裳卧柜，多一件不多，少一件不少。披哪一件，都有炫耀的意味。遇到这样的男人，女人的爱情，不死亦死。

可是，谁能逃得过命运的安排呢？薛涛不能，张爱玲亦不能。

所以，薛涛的诗里透着无奈：“风花日将老，佳期犹渺渺。不结同心人，空结同心草。”张爱玲的文字里透着忧伤，如她这般骄傲的女子，即便姿态“低到尘埃里”去，终是无法留住自己的爱人与想要的爱情。

懂得，是一杯酒，饮过之后，所有的男女之情，再无法在心里掀起高潮。薛涛在以后的日子里，在锦江的浣花溪边，过着清苦而寂寞的生活。张爱玲在美国的寓所中深居简出，不问世事。“小李飞刀成绝响，世间再无楚留香”，经历世事，她们内心通透，在怀念中郁郁寡欢、孤独终老。

对内心深处渴望成功的男人来说，宝马香车，美人如云，只是扶摇直上后的囊中之物。欲取欲舍，不过是一转念而已。对于他们来说，懂得，只是红尘之上的惺惺相惜，是人生旅途中酣畅淋漓的过招；懂得，是情之所起，不是情之必然，它在云端，与真实的生活无关。

闲话现代女人

和女友约了喝茶，她一脸的疲倦。“做个女人真累！”是啊，她拥有本科学历，毕业后又考了硕士学位。在单位是业务骨干，工作做得风生水起。工作之余，不是练瑜伽，就是做美容。回家还要照顾儿子，做饭洗衣。我们在一起常常打趣说，做女人，要是生在十八世纪就好了。

想当初，我姥姥那年代，做个女人，也就是生个娃、做个饭、描个红、绣个花什么的，要是当了大户人家的小姐、太太，就只剩下每天琢磨着吟个诗抚个琴，至于伤春感秋，都是闲出来的。《红楼梦》里的各色女子，大概就是那个时代女人的写照。总之一点，不管贫贱富贵，那个时代的女人是要靠男人养着的，女人只能躲在自己家里，除了自己的父兄丈夫，恐怕一辈子也见不了什么男人。这有点像当今的二奶，过着舒心的日子，不用自己辛苦，只伸出手来，就能吃饭穿衣。嫁了什么人，就要看各人的造化了。要想追求什么爱情自由，只能到戏文里去找。

到了我妈妈这一代，女人们只要上过学、识过字的，就有机会出来工作，当个会计做个文书都行。没识过字的，也能到街道工作，就是农村的女人也能出来见世面，那李双双不也通过努力，不再绕着锅台转了吗？那时的要求不高，只要出来工作，便是最大的解放。所以有了第一个女飞行员、第一个女博士、第一个女市长和第一个女总理。

女人终于可以有和男人平等对话的机会了，但有机会不代表真的男女平等了。真正的男女地位的变化，是在家庭里。这个时期，男人不再有三妻四妾，也没有特权，大家基本都在一个起跑线，干社会主义的活，挣社会主义的钱。这个时代的女人，做个普通的工人或社员，也是扬眉吐气的。男人不再掌管家庭的财政大权，即便男人在外打拼，挣得比女人多，但回家来，还是会把钱交到女人手里。这个时代的家庭，一般来说是比较稳定的。

到了我们这一代的女人，她们受过学校的正规教育，上大学的时候，赶上国家培养大学生的末班车，分配的时候，正是社会最需要知识型人才的时候，国家包分配，好赖也混得工作稳定。虽然也经过若干年计划经济的物质匮乏，但总的来说，生活还是幸福的时候多。眼瞅着生活的这个时代形势一片大好，没有“三从四德”的束缚，物质丰富，生活富足，吃的花样翻新，穿的眼花缭乱，各种各样的健身房、美容、美发行业蒸蒸日上，简直是想把天下钟无艳一扫而光。

生活在这样的时代，比起我姥姥我妈妈那时，我们大概只剩下偷着乐的份。但打开门一看，心里不禁一片惶惶然。这个时代要求女人不仅在外穿职业装微笑面对工作，回家还要挽起袖子，炒出个像样的四菜一汤，把地板擦得锃亮，衣服洗得一尘不染。既能辅导孩子功课，亦对先生温柔体贴、善解人意。即使是这样，也未必保证不出意外，没准哪一天，就能在先生的手机里发现女人的暧昧短信。

这个时代的女人，到底该如何拯救自己？这给女人出了一个大大的难题。这个时代的女人，既不能像我姥姥那辈的女人一样，安心做个全职的家庭女人，也无法如我妈妈那代人一样，素衣简服，为工作、为孩子累得死去活来。新闻里，这个女人琴棋书画俱备，是某大学的教授；那个演艺明星会三国外语，出了几本书，拿来一读，竟书香十足。更有像徐静蕾这样的美女，色艺双全，能演会导，写得一手好文章，而且书法作品上佳，直让我等啧啧赞叹，大有“乱花渐欲迷人眼”之势。

也难怪这个时代的男人们会心猿意马。大凡是出色的女子，谁不喜欢？

女人们终于觉醒了。她们除了努力工作，还学习了许多和工作无关的东西。所以，街上多了匆匆而行的女人们。今天有教插花课的，明天有开茶艺班的，后天有教学舞蹈的，这样的班里多是中年女子也就不足为怪了。女性的整体自我觉醒，带动了女性素质的整体提高。美丽的女人们如雨后春笋，一夜之间在大街上冒了出来，直看得男人们目瞪口呆。所谓腹有诗书气自华，当某一天家里的女人突然脱胎换骨般美丽动人，你也不要奇怪。

家庭是这个社会的最小单元。只有家庭稳定了，这个社会才是稳定的。看起来，女人的努力是在拯救自己的幸福，事实上，都是为女性争取自己的合法权益而努力。这个时代，由于现代文明的发展，因体力上的差异而带来的男性优势已越来越小，女性在各个领域的表现丝毫不比男性逊色。实现真正意义上的男女平等，道路漫漫，需要每一位女性坚持不懈的努力和追求。

旧　的

一

带朋友去段家楼。院子里的古柏参天，一年四季，不论何时，都呈现出深深的绿。高大的梧桐树，落叶飘荡下来，覆了满地，那种繁华过后的沧桑，如水，一波连着一波。

被磨得已经没有颜色的地板，依旧锃亮的壁炉，灰白的墙壁，微微的尘土的味道，一切都那么熟悉。木质的楼梯，被行人磨得有了弧形的缺口，但踏上去仍让人觉得安全，有种舒适感。

一块黄梨木，静置于房间的一角，上面用高浮雕和透雕手法，雕有缠缠绕绕的枝叶和果实累累的葡萄。虽陈旧，却有一种无与伦比的高贵与古朴。尽管岁月流转，却怎么也掩不住它精美绝伦的光华。它原来只是楼里的一块墙裙，其余的，在这百年的光阴里都渐渐失散了，只有它幸运地守在这最初的地方，见证了当年的繁华和过往岁月中的沉浮。

因为唯一，所以格外珍贵。

二楼的外墙上印着毛主席语录，墙角处的墙皮有的已经剥落，露出整齐的红砖。由于资金的问题，这栋花楼一直没有被粉刷，但心里真的庆幸，它还保持着岁月的痕迹。没有被人为地修葺一新。

新事物，总有种咄咄逼人的气势，而旧的事物，会呈现一种绵长久远的温和，让人生出一种说不出的亲切与厚重。

旧的感觉，真好。

二

与他很久很久没有联络，几乎断了音讯。

一日，他打来电话，正是我摔伤卧病在床的第二天早晨。

很是意外。我问："何事？"

他答："这一日，总是觉得心神不宁，感觉你有什么事发生似的，故问候一声。"

"怎么这么不小心？"他关切地问，仿佛是责备。

眼睛湿漉漉的，却有暖意自心底缓缓漾起。旧日里，那些往事一下子呼啸而来。恍见青春年少时，合欢树下，相随相伴的纯真笑脸。

尽管隔了千山万水，旧日的朋友，从没觉得距离是距离。

三

听旧歌，张明敏唱《我的中国心》，无论何时何处，心总会疼一下。

那年，一台录音机，一盘翻录的旧磁带，与他听了很多遍。

那年，雪很大。走了很远的路，脸冻得通红，心里却有只梅花鹿在不停地跳。黑夜中，那扇窗透出的灯光，远远望去，有说不出的温暖。

那年，炉火很旺。

那年，我很年轻。

那年，一首歌成了记忆永远的背景。

四

衣橱里，有很多旧衣服。一直不舍得送人。

有些，只穿过半天，便永远挂在那里。比如，结婚当天穿的旗袍。

有的，穿了很多年，洗得绵软服帖，只是已不能再穿，依旧不舍得丢弃。比如，那件宝石蓝的连衣裙。

很多旧衣服，挂在那里，就像自己的岁月整齐地排列在那里，从年少青春到如今岁月苍茫。

旧的日子，被关在暗处，打开时，总有芬芳一闪。

回忆太拥挤，我无法呼吸

一

她在十分钟之内打了三个电话，但谁也找不到谁。

他从我身边经过，轻轻拍了拍她的头。然后回头冲我一笑。

我呆了一呆。这笑容如此熟悉。我知道，他不是他。但我从不敢望他的眼睛，就像当年不敢望那双漆黑的眼睛一样。

他的眼睛一直没有离开过她。而她在他的目光下无处逃遁。

她用眼神不断地向我求救。

我从来不知道，自己能如此伶牙俐齿。

二

盛夏的雨后，北京的街头槐米如雪，铺了满地。酒至微醺，三人手拉手在路上晃荡。

这样的时刻多么难得。空气中飘着槐花的香气，人有些薄薄的醉意，轻飘飘的，像要飞起来。夜的城市，光影交错，有一种繁华将尽的颓废和悲伤。

这是多么美妙的时刻，有喜欢的朋友在一起，有酒有歌，心里的放纵就要溢出来了。我和她一唱一和配合默契，只要她能找出一个线头来，我就可以抻出一海碗兰州拉面，保证一根到头不会断。

笑够了，闹够了，那么就唱歌吧。

“看着我，你要看着我，就像看花朵。不要讲，不要说，静静享受这一刻。人生难得遇见知己，偏偏你却欣赏我……”

相握的手，紧了一紧。三个人开心地笑着。

三

东四大街上，那些店铺灯火通明，媚媚的颜色让爱美的女人目光流连。就算是店名也透着诗意。那边高高挂着“别处”，这边门楣上悬着“眉飞色舞”，一派诱人景色。

回头看身后，“薇薇新娘”的橱窗里，塑制的模特着了各式漂亮的婚纱。移步间，却见一个模特青黛的发，高高的额头，冷峻的眼神里有一种说不出悲壮，仿佛是赴死的决绝。

我们一下子都安静了下来，凝望了那表情许久，我的心中忽然涌动着莫名的忧伤。

欲哭无泪。悲伤仿佛泉水一样，咕嘟咕嘟涌上来，霎时间淹没了我。

多想有一个人拥我入怀。此刻，我的心瑟瑟的。可是我始终微笑着。

快乐是可以分享的，一份可以变成两份。而忧伤是不可以传染的，一定不能让它扩散。

她拉着我的手离开，回头望去，灯光一下子暗淡了，一切陷入黑暗中。而我知道，在我背后，那表情始终是黯然的。

四

夜，都已经睡去了。他还在楼下的胡同里游荡。一圈又一圈。

不忍离去，仿佛每一刻都将是永别。

我知道他的心情。于是拿出手机，写道："不奢望，就不会失望。只有记忆会永远美丽。上帝大致是公平的，如果关上了一道门，他会为你打开一扇窗。若你真诚善良，上帝定会厚待你。"

我知道，他不是他。所以，我睡得很沉。

五

在酒吧里喝着柠檬水，加了双份冰。我在桌子的这边，他和她在桌子的那边。

他的眼神始终充满了浓浓的忧伤，孤单而绝望。有歌声缠绕过来："可是越想到你，越是沉迷。而回忆太拥挤，我无法呼吸，只能拥抱着他，假装那是你……也许擦肩而过的人，只留下一种痕迹在我生命里。"

看着杯子里的冰一点点融化，在他忧伤的眼神里，我们都沉默着。仿佛是一出悲喜剧，我知晓所有起伏跌宕的情节，虽悲伤，但始终无法改变结局。

六

没有哪一次离别会如此匆忙，甚至来不及说声"再见"。

嘈杂的人群中，我们仿佛是两叶扁舟，一道人浪就冲开了我们。

她的逃离、他的失落和我薄凉的眼神。

一种酸酸的东西在胸腔里盘旋。我知道，生活是个顽皮的家伙，偶尔会开一种叫“错觉”的玩笑。

想起蓬莱的海市蜃楼，在人们看来，那仿佛仅仅是一种幻境。天上的街市，其实它是真实存在的。

只不过，真实的生活总在别处。

别让你看见我的伤悲

午睡只有二十分钟，薄薄的一觉，醒来的一刹，汗仿佛就在这一瞬汹涌而下。

“剪发去。”心里又萌生了这个念头。

理一理颈下的长发，顺直的发丝漫了席枕，长长得像一匹缎子。

“剪发”，这两个字在心里缠绕一年了。去了几次美发店，美女老板姗姗怎么也不肯下剪。“太可惜了。现在很少会看到这么好的发质，没有烫染伤害过头发，而且这么长的头发，还是剪剪发梢留着吧。”

如此这般，几次进店，总是做足了准备去剪，却又心存侥幸回来。

曾经为刀郎的一首《黄玫瑰》感动得热泪盈眶：“别让我看见你的伤悲，我会为她心碎。别问自己对不对，心中有爱就很美。即使告别了春天阳光，你依然要开放。别害怕别犯傻，别轻易剪去长发。”

六年了，始终不肯剪去长发，只是为了一个曾经有过的美好承诺和梦想。“留得残荷听雨声”，花期远去，秋意已浓，可骸骨犹存。那爱莲的人，留着干枯的荷叶，只是为了一份念想。

一日，女儿为我编发，惊叫，妈妈，你有白头发了。

她仔细地在发间寻着，然后一一把白发送到我眼前。六七根雪白的发丝放在手心，惊心动魄。

可不是，真的是有白发了。多么快，仿佛一眨眼的工夫。长长短短的发，几次剪了又长，长了又剪。人，就这样老了。

前几日，收拾抽屉，一些小盒子里装了许多零零碎碎。有羽毛做的第一枚胸针；许多年前登泰山的纪念章；寸许长的算盘，拨珠只有米粒大；一只玉雕的小龟；水晶的生肖虎和生肖羊。书橱的顶格，放置了一把铜质的短剑和两块檀木的镇纸。

这是多久的收藏了。每一个物件儿都是一段回忆，酸的，甜的。“郁孤台下清江水，中间多少行人泪？”岁月的长河就这样安静地流淌，一些贝壳被冲上岸，我们捡在手中，视若珍宝。其实，它们不过是我们路上平常的遇见。而一段长发，作为象征，不过是附加了一个诺言，不肯放弃的，是我们有欲望的心。

午后的美发店没有客人，很安静。冒着烈日一路走来，一进店里，冷气开得十足，顿觉清爽。好久没来，店里多了几位年轻帅气的美发师。

“剪发。”我说，“姗姗呢？”

“老板没在。剪发帘吗？”几位年轻的美发师疑惑地问我。

“不，剪短。”我干脆地说。

姗姗不在，最后一个借口也没有了。

剪吧。

你是幸福的，我就是快乐的

早晨，接到你打来的电话。你说："昨夜梦到你了。打个电话，问候一声。"

我轻轻笑了笑，没有说话。

很久了，我们很少打电话。偶尔的问候，也都客气地寒暄着。我只是惊异着，我还会在你的梦境中出现。也许是偶尔的记忆，不知怎样撞到了些往昔的碎片，才会有这些梦出现吧。

"最近怎么样，忙吗？"你问。

"哦，还行。"我答道。

"前几天没等到你的电话，还以为会收到你的问候呢。呵呵，忘啦？"你在电话的那头笑着说。

哦。你的生日，真的是忘记了，而且不是你提醒，可能真的就忘得一干二净。

查一查日历，是三天前。

我有些不好意思。毕竟你问起，毕竟我曾那么长久地记住有关你所有的细节。

岁月原来真的可以带走许多东西。

很久很久以前，大约是二十世纪的事了。每年的这个日子，是我最重视的日子。我会在台历上写下“生日快乐！”然后把它撕下来，贴在我的日记本里。那些苦涩的日子里，只有想起你，才会觉得有希望，才会让我振作起来，为的只是某一天，你出现在我面前，我仍是那么光彩照人，仍是让你爱得不后悔的女人。

想起那些精致的信封。一页页被我精心地绘了画，题了诗，折成封，用丝带扎了蝴蝶结，封存了那么多年。它是完整地走的，回来时却伤痕累累，信封被撕成犬牙状。我的心抽搐着，为这些美丽。

终于将那些信都烧得干干净净。只留下了那些信封，像一只只蝉蜕，夏天的鸣叫早已远去，而形状依然。

从此后，这伤藏在角落里，几乎被我遗忘。

一个世纪就这样过去了。这一年的夏天，你的突然到访唤醒了我沉睡的疼痛，束之高阁的往事又一次被打开。我淡淡地诉说着往事，而你却有了深深的感动。

但在我看来，你我已是熟悉的陌生人。青春不再，往昔亦不再。

那个夏天，我独自回了一趟学校。离开那儿十五年了，原来那个绿荫匝地、青砖灰瓦的校园已不复存在，曾经读书的教室已盖起了高楼。教室后我亲手栽下的樱花树也消失了，只有楼后的铺满鹅卵石的小路还在。走在这熟悉的小路上，心怦怦地跳着，眼睛刹那间就酸酸的。

百感交集。

我青苹果般的岁月，我如水晶般的情感，已经永远留在了这里。

我忽然明白了，世间万事皆讲究机缘。错过了生长的阳光和季节，便不再有开花结果的机会。从此以后，我再也没有记起你的生日。我知道，有一些东西我真的放下了。

原以为刻骨铭心的爱，终究是永远的痛。但岁月会让一个人的心老去，带走一些无法磨灭的痕迹。我从来没有怀疑过自己的真情，但那些真情却只属于过去了。

我知道你现在过得很好，很幸福。对你，我没有任何牵挂。我知道，在你生日的时候，会有爱你的妻子和儿女为你记着，为你做一碗长寿面。他们的祝福，对你来说，才是最重要的。

你是幸福的，我就是快乐的。发一条短信给你：请相信，忘记，意味着新的生活开始。请为我祝福。

遍拍阑干空惆怅

一

不知你有没有这样的感觉——

生活好像复印机一样，日日复制出一页页相同的内容、相同的情节、相同的人物、相同的场景。尽管我们耐心十足，但渐渐地，我们还是变得沉默。生活是如此枯燥，甚至麻木。

二十四年的职业生涯，有十年的时间在这个岗位上。每日晨起，当进入特定的环境，我便会生出一种昏昏欲睡的感觉。中午短暂的午餐时间，然后再回到这个环境中继续昏昏欲睡，直到日落西山，结束一天的工作。

我常常感叹，最美好的时光就这样一天天浪费过去了。为了米钱，搭进去我的青春、我的梦想、我的健康以及我的自由。说到此，我甚至是带着痛恨的心情，咬牙切齿地这样懊恼着。

越来越喜欢居家的日子，打扫房间，整理家务，洗衣做饭，可以在床上懒懒地赖到日上三竿。喜欢一针一线地缝被子，棉布的柔软与温暖是如此妥帖；喜欢房间里散发出家的味道，微微的旧，微微的乱，充满了慵懒。

或许，是真的开始老了。QQ 上没有陌生人，却也很少有人说话，大多数人选择永远隐身。有什么可说的呢？生活，不论什么时候都是自己的事情，开心或不开心都是少数，大多数的日子是暗淡无声的。

二

农历十月一，回到老家山西平定。

二十年了，虽然中间偶有事故会回到老家，但始终没有去外婆的坟上。

心里切切地思念，可一直没有去。偶尔也会回来，但不是上坟的时节。有时遇到上坟的节气，母亲又总说，你不用去，有我们呢。

我知道，母亲是怕我伤心。

可我哪里还会像以前一样脆弱。父母老了，女儿还未长大，都需要我撑起遮风挡雨的伞。

时间多么快，又是那么漫长。二十年，仿佛只是一个瞬间。不知不觉中，人已中年，万事沧桑。每逢清明或寒衣节，我都会认认真真地买来金箔和锡纸折成元宝，穿成串，捎走了带去坟上。妈妈说，只能在有阳光的时候，才能折这些元宝。于是，初春或暮秋的阳光下，纸在手指间翻转，闪过或明或暗的光泽，像是过往那些明明暗暗的日子和起起落落的心情。

老家坐落在煤田丰厚的地带，一纸合同，后人就将祖祖辈辈生活居住的村落卖掉了。祖坟迁移到公墓，一排一排地挤在一起。

二十年后，我回来了。我一直想象的场景，是可以一个人面对着您，我还是那个喜欢黏在您怀里的小女孩，那个爱撒娇的小女孩，那个可以把一切委屈都倒给您的亲亲。

二十年了，我终于回来了。火光中，我的眼泪终于还是落了下来。“我很好，我们都很好，我会孝敬父母。您保佑我们都好好的。”是的，不论这些年经历了什么，我很好。我、父母、女儿，以及其他亲人们，现在住上了新房，生活安定富足，没有战争，没有颠沛流离，都很好。

全托您的福，外婆。

三

正午时分，路过康盛小区，阳光充足，街道安静。前面，走着一对放学回家的男生女生，不过十五六岁的样子。女生怯怯地拉了男孩的后衣襟，男生反过手来，握住她的手。女生的脸上顿时绽放出羞怯的喜悦的光芒。男生似乎感觉到她的喜悦，停下来，伸过头来，啄上她的唇，旋即分开。女生用手抚了一下自己的唇，小脸涨得粉红。两个人甚至不敢对望，男生装作勇敢的样子，一直昂着头，女生则低着头，大大的眼睛满是欢喜，一直落后男生半步，任他牵着手慢慢向前走。

多么干净的吻。情窦初开的岁月，两颗心里没有任何杂念，只是因为彼此的喜欢，两个少年就这样在阳光下慢慢走过。轻轻吻，轻轻牵手。

多么美好的岁月，多么美好的阳光，多么美好的爱。

每个人都有过这样的岁月吧。没有理由地喜欢一个人，看见他时，心跳加速，看不见时，又那么惆怅。为了等他路过，可以耐心等上半天，偷偷看他的背影，偷偷看他的眼睛。在日记里写下满满的喜欢和惦念。

曾经为这样简单的爱，笑自己的幼稚。历尽沧桑，如今才知道，少年的爱，原来是如此纯粹，如此透明，如此干净。

遍拍阑干空惆怅，拂去岁月厚厚的尘埃，那些真，那些爱，那些美好，原来埋得这么深。

追尾记

因为出版社的要求，在扉页处要加一张二寸的小照，我决定去一趟影楼。

好像很多年没有去过影楼了。现在拍照，大都是用各式相机自娱自乐，而且是外景照多、合影多。单位则常常定点去某一家照相馆，照一些一寸或二寸着了正装的标准像。那些照片上的我大多是一脸的严肃，偶尔的笑容也显得僵硬和呆板。

有时从影楼经过，那些美丽的婚纱或晚礼服在橱窗里总让我浮想联翩。我特别喜欢欧美电影中，中世纪的那些穿着长长裙子的女子们，那些漂亮的洋装，让女人的美丽尽显无遗：低领口的设计，让女人们的脖颈像白天鹅一样修长而迷人；束腰的设计，让腰线上提，还可以丰胸；下面长长的裙摆，蓬松而摇曳，既掩去了女人们最害怕的腹部赘肉和粗壮的腿，又拉长了人的视觉，使人体比例更接近黄金分割。

这样的片子，视觉上是一种享受。

常常想，我穿了这样曳地的长裙，会是什么样的感觉？

这次终于有一个借口，让自己到影楼来。当然，我是不会穿那些晚礼服之类的。我带了自己平时穿的一套衣服，希望拍出的照片更生活化一些。

因为是周末，影楼里有一些顾客。我和前台的服务小姐说明情况后，她说："今天是周末，有拍婚纱的顾客，你要是不介意的话，等一会儿可以吗？"我说："没问题。"

化妆师正在给一对四十多岁的中年夫妇化妆，看样子是补拍婚纱照的。化妆师是个清秀的小姑娘，让人看上去赏心悦目。这家影楼是夫妻店，老板我早就认识，不过不是太熟。我和老板娘有一搭没一搭地聊着，大厅里轻轻回荡着音乐，阳光从大大的橱窗照了进来，温暖而明亮。

这样的等待我并没有觉得烦躁，反而让我有一种很放松的感觉。阳光、美丽、宁静，都离我这么近，真是一种享受。

轮到我化妆时，我对化妆师说："千万别给我化得太浓了，尽量和我的年龄相符。"她笑着点点头。

打粉底、画眉毛、眼线、眼影、腮红、口红，终于好了。照了照镜子，看上去还行，不算太离谱，只是口红用了带珠光的肉粉色，便问："口红是不是太亮了些？"化妆师轻轻地说："没关系的。这样拍出来的效果会更好些。"

上了二楼的摄影间，老板正在掌镜。见我来了，便热情地打招呼。我说："没别的要求，你得把我拍得漂亮些就行，别给咱河北人民丢脸。"

彼此哈哈大笑。

我自己在家选好的一套服装，浅粉莲色的套头衫，灰色过膝短裙，外面是咖啡色的风衣，脚上是咖色的短靴。拍了有七八张，我又去换了一套衣服，暗金色的大翻领衬衣，深蓝的外套。头发没做任何修饰，甚至连发胶也没喷。站在镜头前，一会儿听摄影师说往前一点，一会儿说下巴低一点，一会儿又说开心一点，感觉手脚都不知道放在哪里好。

老板说：“你不能活泼点啊？”我说：“你别让我故作天真，都这年龄了，我活泼不起来，该什么样，就什么样吧。”

总算拍完了。因为是数码相机，当时就可以看片。我草草看了一下，还行，基本上都是一脸严肃状。照片洗出来，效果让我很满意。最后，我选了认为最美的一张，放了一张大大的，挂在了房间里。

人至不惑，也算是为追上青春的尾巴，留了一个永久的记忆。

是为追尾记。

第三辑　闲敲棋子落灯花

本是前缘叙旧来

一

盛夏的天气，难得如此清爽。城市的街头，依旧喧嚣。我下车来，却一眼看见，绿树下，作家风飞扬黑衣黑裙悄然而立，她的肩头开出大朵的荷，红的花，绿的叶，与纤细的腕间宽大的红手镯相呼应，张扬却又内敛。她安静地伫立在那里，由内而外透出的沉静成为街头最抢眼的风景。

细心的风荷，遣了她那帅气的良人张先生，开了车来接我和飞扬。虽与张先生只有浅浅的几面，却因风荷的缘故，与他毫无生疏感。大家随意聊了几句，我却被车载 CD 里沧桑而干净的歌声所吸引，车内顿时安静下来。“谁会相信雨滴会变成一杯咖啡，种子会开成鲜艳的玫瑰，孤寂的旅途是单程的约会，相近相识后各自而飞。”这样荡气回肠的歌声，让心情有了些许的起伏，由此而念及，风荷、风扬、我，以及生活中的近交，这些人天南海北地成为好友，总有点点滴滴的细节是暗合的。

“渝乡辣婆婆”的大堂里，灯火辉煌人来人往，却没有往常的那种嘈杂。我与飞扬坐在休息区一边聊近况，一边等风荷和几位书法大家。酒店的总经理是个年轻干练的女子，言语爽利，目光烁烁，尽管此刻酒店里生意非常忙碌，但她吩咐服务员端上茶水，一直陪着我和飞扬。

其实，我一向极少参加圈子里的活动。一来习惯了安静，二来我只喜欢与性情相投的朋友在一起，惧怕应酬。这次，风荷发短信说，中国书协的几位老师来了，大家一起聚聚。我心中对几位书法名家仰慕已久，便欣然应约前来。

二

终于，风荷陪着几位传说中的大师出现了。一同来的，还有著名画家李禾老师。

苗培红，中国书协理事，也是风荷的老师、我的偶像。几十年的军旅生涯，并未掩去他一贯的儒雅。一丝不乱的头发，干净的眼神和微笑，白底浅蓝暗条纹的衬衣中规中矩地扎进腰带里，显出良好的身材。“不愧为军人。”我在内心赞了一句。苗老师不仅一手楷书享誉书圈，而且华尔兹跳得颇有水准。本以为苗老师不苟言笑，但席间他的一个冷笑话讲得一桌人忍俊不禁，又让我们见识了他风趣的一面。

洪厚甜，中国书协理事，中国书坛首届“兰亭七子”之一。性情开朗，语言机敏，对生活中的吃穿住行颇有心得。这次在石家庄的聚会选在川菜馆，十分合他的心意。连服务生都应了他的要求，用川音一问一答，颇有“身在他乡似故乡”的沉醉。每一道菜上来，他都会用川人的严格标准品评一番。前番风荷去上海采访洪老师，幸得洪老师为我将要出版的散文集题了书名，心中甚是感谢。这次正好有机会当面致谢。

张建才，中国书协张海主席的秘书，河南省书协副主席。本以为做秘书的一般都是戴了眼镜、衣着规矩、言语谨慎，一副高深的样子。但见到建才老师，我不由得心中一乐，才知道自己孤陋寡闻。只见他言语温和、神情淡定，穿的衬衫，最上面的两个纽扣敞开着，完全是一副密友间休闲放松的状态。记得刚去当代书法网的时候，我为一幅图片调色头疼不已，一个人热心帮忙，当时亦未注意是哪一个。直到一年以后，对张建才这个名字如雷贯耳，我才在某一天霍然发现，那个帮忙的人竟然是建才老师。进而在“风荷访名家”对他的专访中，了解到他的细心妥帖、周到善良。今日一晤，却又发现了他随和通达的一面。

席间，风荷样样仔细打点，从茶水到菜肴，她都一一照顾到，安排得妥妥当当。我们不但聆听了洪厚田关于书法市场亟待规范的宏论，也听到这些书法家们的坊间趣事。飞扬一改平时的少言寡语，超常发挥，口齿伶俐，常常妙语连珠，引来风荷的连声称赞。

三

快乐的时光总是那么短暂。我们喝过专门请来的茶艺师泡的茶之后，尽兴而散。

都市的夜色，流光溢彩，坐在李禾老师的车上，享受着晚风的凉爽。和李禾老师相识很久了，每次与他相聚，感受到的总是如沐春风般的放松与惬意。听他聊画和他的“和谐鱼”，谈时下书画圈的朋友们各自的努力和成就。因为心情的美好，连夜色也分外美丽起来。

虽是与几位书法家第一次见面，但没有丝毫的生疏和陌生。仿佛是相识了很久的老朋友，只不过平常小聚一番，而后各自回家。

想来人生种种际遇，都是一种说不清的必然，所有的相遇，都是冥冥中早已注定的缘分。我们，只不过是在流年里随遇而安，结结缘，叙叙旧。

浮生半日

只喝两杯

在下午，我总是会用画了牡丹的陶瓷杯泡一杯茶。这是每天的第一杯茶，喝了它，再斟第二次，慢慢地喝完了。然后，这一天的茶就结束了。

我只喝那种茶汤清淡的茶。偶尔也喝一点果茶，五色水果晒干后，再加入玫瑰花，泡出的茶汤是那种温暖的红。

不管喝什么，我习惯只放一点点茶叶，因为茶也是会醉人的，我喝不了那种浓烈的。

所有的茶，如果没有好水冲泡，那茶的色香味就会减去五六分。我去过杭州的一个产龙井的茶园，用茶园里的那口井水泡的龙井茶，是我至今为止觉得最美味的茶，甘甜香醇。我试过白开水、矿泉水，但只有纯净水泡出来的茶，味道最好。一般的热水器，开水的温度控制在九十度左右，这个温度恰恰是泡茶最适宜的温度。

在夏天，我喜欢用透明洁净的玻璃杯，泡一杯青山绿水。看状如松针的深绿的茶在水中上下翻滚，缓缓舒展开叶片，变成碧绿的颜色。那茶汤透着淡淡的绿，入口时微苦，饮至喉间回味时，却有淡淡的甘甜。此茶性凉，最宜在夏秋两季饮用，名副其实的青山绿水。

适合用玻璃杯来冲泡的，还有碧螺春、六安瓜片或旗茶，感觉都不错。

一般的茶，我只喝过两遍后，便不喝了。一来我这人不爱喝水，一般喝到第二杯，即能解渴；二来我一般只放很少的茶叶，茶筛到第三遍后，那味就渐渐淡了。只喝两杯，也就够了，不浪费茶叶。挺好。

浮生半日

很多时候，一直向往这样的时光——在春深微阑的午后，风轻暖，阳光正好，树影斑驳，随风摇曳。偶有“噗嗒”声，那是桐花坠地的轻响，藤萝爬满了墙，绿出一片轻盈。远处有悠长的“棉花糖”吆喝声。门外青石板的巷子，谁家的孩子“嗒嗒”跑过。粉红色的合欢树下，一张藤椅，一本书，一杯清茶，以及昏昏欲睡的我。

浮生半日闲，大概就是这样的场景吧。

但更多的时候，我脚步匆匆，奔忙在路上。算每月的薪水，能买多少米，能省几个铜板。公休日提篮买菜，洗衣做饭，探望老人，教育小女，仿佛穿了有魔法的红舞鞋，难得心闲。

生活就这样淹没了激情，淹没了梦想。

得闲半日，重新翻开旧日文字。很多熟悉的句子，唤醒旧时的记忆，很惊诧，自己曾写过那么多激情饱满的诗行。

岁月，原来真的会带走很多东西。

生活已渐渐把我变得麻木。不再敏感的好处是不再轻易被打动，像一个局外人，可以旁观生活，旁观这遍生冷清的城市。

疙瘩汤和糯米团子

我喜欢做饭，但不喜欢饭前的准备工作。因为喜欢完美，所以准备的时候，刀工啊、卫生啊等细节，都得注意。吃我做的饭，不能性急。性急了，你就得来打下手，剥葱剥蒜择菜等工作都归你。

阳台上的温度有四十度。女儿说要吃糯米丸子，还有我做的疙瘩汤。开了冰箱，一样样取出要用的蔬菜。

疙瘩拌成碎碎的，才不至于混浊了汤。番茄要切得细细的，要在开水里滚熟了，才不至于酸。菠菜切大片，葱和香菜切碎了，放入碗里，搁盐，倒入酱油、醋，再放一点胡椒粉。一定要先准备好这些，才能把疙瘩下锅。等疙瘩煮开，打入两个鸡蛋，然后把鸡蛋搅碎。稍微煮一会儿，倒入准备好的葱、香菜、味汁。关火，淋上麻油，一锅疙瘩汤就好了。白色絮状的疙瘩，红色的番茄，黄色的鸡蛋，碧绿的菠菜、葱丝和香菜，让人一看就有食欲。

糯米丸子是道甜品。在不忙的时候，把糯米蒸熟。趁热把糯米团成丸状。为了防止糯米粘在手上，一定要蘸了凉水，才能把丸子团光滑了。晾凉，用油炸成微黄。吃的时候，把糯米丸子放在碗里，上面撒上红糖，上锅蒸十五分钟。糖随蒸汽化成汁，浸入丸子里。出锅后，再扣入另一个碗中，这样糖汁就均匀地裹在丸子上，入口绵软香甜。

女儿吃得满头是汗，直说香。

枕上诗书闲处好

无花无酒过清明

清明有了小长假，恰好值班。昨日骤降春雪，索性在室内烹茶读诗。翻到宋代王禹偁的《清明》一诗：“无花无酒过清明，兴味萧然似野僧。昨日邻家乞新火，晓窗分与读书灯。”顿觉无趣。

清明节这么好玩的季节，这小哥不去祭祀祖先、赏花踏青，自己还把屋里的炉子给整灭了，连个火都生不着，到邻居家借火回来御寒取暖，看来生活能力也不怎么好。不仅如此，清晨起来，还做出一副刻苦学习的样子。

这小哥人无趣，诗句也很无趣。“无花无酒过清明。”清明诗很多，“牧童遥指杏花村”“梨花风起正清明”，随便拎出一首，都比他这首活泼。同样是读书学习，同是宋代的蔡确就有趣得多：“纸屏石枕竹方床，手倦抛书午梦长。睡起莞然成独笑，数声渔笛在沧浪。”该玩玩，该睡睡。成绩年级前三名的学生，啥也没耽误。这才是有闲有趣的生活！

其实，如果仅这一首诗，就给王小哥下了断论，那就大错特错了！看这首《村行》：“马穿山径菊初黄，信马悠悠野兴长。万壑有声含晚籁，数峰无语立斜阳。棠梨叶落胭脂色，荞麦花开白雪香。何事吟余忽惆怅，村桥原树似吾乡。”好一个标准的文艺青年！

王禹偁，字元之，济州巨野（今山东菏泽市巨野县）人。北宋“白体”诗人、散文家、史学家。太平兴国八年进士，历任右拾遗、左司谏、知制诰、翰林学士。

不仅如此，王禹偁诗书画皆佳。无论是千竿修竹醉饮图，还是大气磅礴的山水画，都堪称艺术精品。文艺青年，才华横溢，本是大好前程，但偏偏犯了最常见的耿直毛病，于是在从政的二十年里，历经两任皇帝，三天两头遭贬。一腔热血，终郁郁不得志。

辞根散作九秋蓬

在老楼里住了二十五年，因居于小城中心，所以我一直不肯搬走。但它太老了，经常会出点毛病。这不，楼上人家的暖气，就轰轰烈烈地漏了一次水。

经过紧急抢修，总算控制住了事态，水回到它们的固定管道。楼上清理了自家的积水，认为事件已经结束。殊不知，一些水早已机敏地潜入空心预制板，飞流直下三千尺，在我家的卧室里形成一道瀑布。而我家空无一人，于是水肆意横流，一时间地板湿了大半。床上、地上放的一应物什，都沾上了水。

第二天是周一，我从市里回到家。在打开家门的一瞬间，我顿时惊呆了。枣红色的木地板上，有一条宽约一米、长三米的白色地带，两边的衣柜和床罩溅满了白色的污渍。不明就里的我，跑到楼上问明情况后，立刻又迅速回家四处查看。

经过一天一夜的“抢救”，地板上基本看不到水了。书桌旁的地板上，放着一套我珍爱的书，整整一箱。检查了一下，幸亏我存放之初在箱子底部铺了一层塑料布，水只是把箱子的底部打湿了。为了防止水汽浸湿，我迅速把书全部取出，晾在书桌上。

清理打扫完房间，已是夜半。疲惫地坐在书桌前，看那四十本书高高低低铺了满桌。随手扯过一本，打开一翻，是“风陵渡郭襄遇杨过”。郭襄性情与外公黄药师相近，号称“小东邪”，青春美少女，出身大家，生性活泼，不惧江湖险恶，没有那些大人的条条框框。凭本心做事，小小年纪，性情爽朗，杨过很是喜欢，赠她三根金针。后来杨过依约，带领群雄，为郭襄热热闹闹过生日，竟把“耶律齐接任丐帮帮主”这件江湖大事的风头都盖过去了。

熟悉的情节，心里忽然就那么一动。郭襄本是黄蓉郭靖的掌上明珠，手里的三根金针，对她原本就没什么用。如果她没遇到杨过，那就和其他少女本无两样，欢欢喜喜恋爱，嫁与少年郎，儿女绕膝，成为叱咤风云的侠女。

但这一切都是假如，命运把杨过带到她眼前，惊鸿一现，这样浩大的庆生场面对一个十几岁的少女而言，无疑烙印深刻、影响巨大。即使后来她再遇到张三丰，那样青史垂名的成就，亦无法替代神雕大侠在她心里的位置。三根金针，锁住了少女一生的心。“吊影分为千里雁，辞根散作九秋蓬”，从此，她注定孤独终老。

长叹一声，合上书，睡去。

读书日

今天是“世界读书日”，必须要读一本书，写一点读书的笔记。关于读书的文章，写了很多，阅读课也讲了多次，可感觉要说的还很多。

读书是种乐趣。打开书橱，一排排的书像是准备侍寝的美人，个个都有妩媚的身段。手指从书的脊背上划过，个个都是熟悉的美人。凡被我选到家里的，都是在三千佳丽中精挑细选的绝色。今天最终被我宠幸的，是闺密杜泓（笔名为夜语风荷）的《月光照进朝北的窗》。

《月光照进朝北的窗》这本书，杜泓写于十几年前，即2003年到2006年期间。那时候，BBS刚刚兴起，我们在网上玩得风生水起。很多人也是通过这本书认识了夜语风荷，认识了雪泥。这些文字大概是杜泓最早期的文字，灵动率性，清新干净。过了十几年，杜泓的文字早已脱去了最初的青葱，但这些文字依旧那么打动人。

对于阅读的功能，我讲过很多，其中不乏技能和思想上的提高。但是，阅读最终的功能是通过文字让心灵感觉到愉悦。不论是技能性的阅读，还是放松类的阅读，快乐的阅读都是最终目的。

年初，文化部门要求报送"阅读达人"。我信心满满地填了表，结果最终推送的是另外一个人，当时内心还是挺失望的。可是转念一想，阅读本身并不是为了评选什么"达人"，而是为了愉悦自己、增长见识、开阔视野，不论谁做"阅读达人"，都是一件好事情。

我们无时无刻不在阅读。在这个信息和传媒都十分发达的时代，阅读如影随形。我们所做的，不过是让它们成为自己的知识储备。做不做"达人"，又有什么要紧？

读　史

历史是个多么奇怪的孩子啊！你看着它成长，为它焦急，为它痛心，为它叫好，它却与你毫不相干。

打开它每一条掌纹的皱褶，我们看到金戈铁马的奔流，阴谋和阴谋的碰撞，间断的繁荣，民生不尽的苦难，帝王更迭的残酷，以及文明的艰辛成长。

历史是文字的历史，是文化的历史，在强权和生存的缝隙里，书写的痕迹总会隐隐地透露出历史的真实。

记录的历史与书写的历史，总与真实的历史有差距。历史是每个人心中的历史。

写到这里，“历史”这两个熟悉的字，竟被我端详得有了几分陌生。

渺小和浩瀚

一个人，对于自然界来说，渺小得就像一粒草芥，那么微不足道。就算是秦皇汉武唐太宗康熙，也不过是芸芸众生中的一个。而一个人的心灵有多大呢？它广阔如天空，浩瀚如大海。瞬间能驰骋飞翔，纵横跳跃。

人的肉体会随着时间而消亡，而伟大的精神却世代流传。

一沙一世界。

造物主真是神奇，能把如此大的反差统一在同一个载体上。

童话

安徒生是儿时的童话，爱情是少年的童话，长大后，童话不再是童话，不是童话消失了，而是我们读童话的眼睛不见了。

幸有武侠，制造出成人的童话，让我们随着人物，有笑傲江湖的豪情，有天马行空的驰骋。

归 真

一个细小的问题，可以用一本书来诠释。

一个庞大的难题，可以用一句话来解开。

苹果落地，揭开万有引力；原子核能，推动人类直奔星河。

阿基米德说：“给我一个支点，我可以撬动地球。”

感觉，一直醒着

等待，那一种美丽

下午，陪客人去段家楼参观。

行程匆匆。客人急着要回去，转道省城，然后赶回烟台。于是，走马观花地看了一遍。在楼前，为客人拍了片子，例行到此一游。

年轻的司机，挺帅的，性格很安静。他没有进景区，而是在车里休息。回程的路还很长，老总和其他人可以在回去的路上休息，他得养足了精神开车。

春天说热就热得厉害，我穿了西装，这一圈走下来，脸上就有了汗。从景区出来，上车回程，司机细心地开了空调。

车很稳很快。穿过一个村庄，在一个三岔路口，一群孩子正放学回家，他们排着队，慢慢地经过路口。照常，一般车一鸣笛，行人就会自动避让，车会快穿而过。但这时，司机没有摁车笛，而是把车缓缓停下。

夕阳西下，车窗外柳绿桃红，春色宜人。孩子们开心地有说有笑，像一幅生动的画。

一分钟后，车启动，加速回城。

这一分钟很短暂，但在这一分钟里，我看到了美丽。不仅有美丽的景色，还有美丽的心。

亲情，也不能伤害

晚间看电视，真实的故事，老套，没什么新意。男人和女人相遇，浪漫地恋爱，然后进入了婚姻。若干年过后，男人不再对女人殷勤，不再关爱有加，一切都变得熟视无睹。再然后，艳遇，任性，不听父母的劝解，不顾女儿的眼泪。婚变，却落得鸡飞蛋打。醒悟时，已不能回头。

人在事后，常说的一句话是“悔不当初”。

或许他未必明白，问题究竟出在哪里。

生活中，我们在外工作奔波，面对那些四面八方的压力、不满和伤害，尽管疲惫不堪，但仍会尽力忍耐、克制。一旦回到家中，脱掉外套，换上拖鞋，随手把脸上的面具也扔得远远的。于是，你会看到，平时彬彬有礼的人会对家人横眉怒目，一向工作守时的人会对家人的承诺说了不算……

也许，世界上最具有包容力的感情就是亲情了，夫妻之间，父子之间，兄妹之间。一切过失，一切疏忽，仿佛在亲情面前都可以不计较。

殊不知，亲情也不能伤害。任何感情，它的承受力都不是无限的。而且，感情这东西，向来都是共有的，不论是谁，每一次的消耗和啃蚀，都会伤害到它。

如果你对父母失信了，如果你对妻子无理取闹了，如果你对孩子强制打压了，请别再任性，并对他们认真地说声“对不起”。

请用爱，修补爱的漏洞。亲情，是比棉被还要温暖的温暖。好好爱惜。

眼泪，最后一滴水

深夜回家，走进小区，所有的窗子都闭上了眼睛。夜深人静，只听得水声哗哗，有水如瀑，从楼顶飞流而下，院子前面已是小溪潺潺。

不知是哪家的主人，用太阳能热水器洗澡后上水，却忘记关阀门了。

我从小在缺水的山区长大，有很长一段时间，每天吃水要等人从很远的地方用拖拉机拉来，两人每天一桶限量供应。天旱的时候，总盼着下雨，能浇上地，能用旱井的水洗衣服。所以，我深知水的珍贵。

每次见到哗哗响的水龙头没人关，我总会去拧上。洗衣服或是洗碗，我也很少开着长流水。

我不心疼钱，我心疼那水。

如果白天遇到这种情况，我就会挨家去问，提醒人家关了水。而现在，已是午夜时分，惊扰大家总是不合适的。

在楼下踌躇了半晌，只得回家去。

在床上翻来覆去，想那水就这样白白流了一晚上，很久不能入睡。折腾了很久，好歹睡着了，早晨又早早地醒了。惦记那水，又跑去看，果然还在哗哗流着。这时，也许很多人还没起床，亦不便去挨家挨户地敲门，于是扯开嗓子很不淑女地喊了几声："谁家没关太阳能？"

又过了半天，终于有人蓬着头奔出，在阳台上探头观看，然后又奔回。不一会儿，水渐渐停了。

央视有一个关于水的广告，让我记忆深刻。"也许若干年后，地球上的最后一滴水，是我们的眼泪。"

感觉，一直醒着

对于善于言辞的人，我向来是敬而远之的。这种态度与我曾经的经历有关。当然，这已经是很多年以前的事了。那时的我还年轻，还充满了朝气，喜欢奶油一样甜蜜的话语。事实上，过于甜的东西，最后的味道是近于苦涩的，不信的话，你可以尝一下。鉴于此，我对华丽的东西，始终有一种警惕。

我喜欢沉静的女人，与之交谈时，她的语言、她的举止、她的神态，都是你喜欢的原因。她不慌不忙，思路清晰，语音柔和，她的笑容会让你的心里感觉到安详宁静。她的周身散发出一种光芒，她让人感觉有回家的温暖。

我喜欢气宇轩昂、儒雅宽厚的男人。他们的眼神自信而敏捷，炯炯有神，说话行动镇定自若，抬头挺胸，给人一种积极向上的感觉。和这样的人打交道，如沐阳光。

男人总在寻找家园，而女人总在建设家园。

我会没来由地喜欢一些味道，比如薄荷味、檀香味、中药的药香味。

感觉从来不讲道理。

夏日心情

茶香曼妙

倒掉昨日的旧茶，洗杯，温杯。

桌上，有七八只茶桶整齐排列。说茶桶，实在是夸张，不过都是些只能装一两茶叶的纸质小桶。有去年冬天余下的武夷大红袍和十年以上的普洱；有只喝三泡的白茶，适合简短的茶事；有含矿物质丰富的青萝，长期在电脑前工作，泡一杯最合适；有朋友新馈赠的明前龙井，一芽一叶，堪称极品；还有前几日淘来的上品碧螺春和白雪公主。

陶瓷的茶杯，小小的，相当于一杯盖碗茶的容水量。大约六七年前，在店铺里遇到它的时候，心中只有两个字——惊艳。它杯外的颜色是浓浓的靛蓝，像是一个人对另一个人的爱，浓到化不开。杯内是杏黄色，明丽而内敛，透着一种成熟的美。这两种颜色搭在一起，俨然一对手挽手的恩爱夫妻，男子大气，女子端庄，想不抢眼都难。对它的设计者，我实在是佩服至极。这样大胆的用色，必是内心十分跳脱之人。

因是夏日，偏爱香气轻雅的花茶，挑了盛碧螺春的茶桶，取十几粒。倒入少量开水，洗茶，再倒开水冲入。蜷成螺状的茶粒，宛若熟睡的女子，在水中徐徐醒来，伸个懒腰，修长的身姿尽显。

不过一页书的时间，便有满室茶香氤氲。

“碧螺春”，口中不自觉地念了一下，突然咂出几分情意绵绵的味道。灵隐山下，一位名叫碧螺的灵秀女子，带着江南的春天味道，千里迢迢，与我共赴这个夏日的约会。

美丽的茶杯，美丽的茶香，美丽的心情。

于是，这个炎炎夏日，因为这样的心思转念，瞬间变得曼妙起来。

纠结与美好

抓住空闲的时间，分别在读姬流觞和当年明月。

姬流觞的小说内容多为都市言情。她的语言俏皮轻快，颇具时代感，小说的节奏紧密，很少拖泥带水，这也是我喜欢她的一个原因。《子之于归》《哪一年让一生改变》《遇见你是我宿命的审判》《千里东风一梦遥》等，内容不外乎爱情种种。姬流觞的故事，往往过程很纠结，但结局很美好。所以，一边读，一边心情会越来越好，越来越轻松。

对于明史，除了在《中国古代史》一书中有轮廓式的了解，我还读过许文继、陈时龙两位研究员合著的《正说明朝十六帝》和台湾黎东方教授的《细说明史》。两个版本的明史作品学术性比较强，各有特点，但可读性相对就差些。如果没有足够的耐心，一般人很难认真细读。当然，我也没能逃出一般人的范畴，只是粗粗地读过一遍，便将书搁于书架。

当年明月以一套《明朝那些事儿》声名鹊起，但由于两册明史读在前，加上对于网络作者的偏见，我总以为一个年轻人动辄对历史指手画脚，实在不敢恭维，因此一直没有找来认真读。然而一个偶然的机会，我见到《明朝那些事儿》这套书，跳过冗长的评论和序言，我从开国皇帝朱元璋读起，便被当年明月的表述方式吸引，继而不可抑制地读下去。

当年明月的语言，带了这个时代特有的印记，能调侃的绝不严肃，能幽默的绝不古板叙述。但不严肃不代表不严谨，不古板不代表不认真。他在书的最后说："每一句话，都是有出处的。"这让我肃然起敬，不敢再轻视于他。然而历史这个东西，本来就是沉重的，不论他如何叙述，总是有纠结、有无奈、有悲观。"前一页他很牛，后一页就怂了。王朝也是如此。"

所以，读的时候，往往是期待很美好，结局很残酷。特别是读到崇祯帝时，心情会越来越糟，越来越纠结。

于是，在这种相反的过程和结局中，我的心情也跟着阴晴不定、悲喜交加。

一块钱的快乐

下班的路上，我看见银枝又在哭。

她依旧坐在老地方，依旧清瘦，依旧穿着男式的旧棉布中山装，依旧用花布条胡乱扎起长发，依旧提着拾废品的袋子以及若干纸箱子——我猜想，这是她的家人教给她的任务吧，哪怕每天拾五块钱的废品，也够她吃饭的。

又有两个顽童在向她扔石子，她害怕，抱着头躲避。她越躲，那些孩子越兴奋。鸡蛋大的石子不断丢过来，总有打在她身上的。她像个孩子似的大哭。

我怒了，大声喝住那些孩子，并快走几步追上那些孩子，装作很严厉的样子。我问他们是哪个学校、哪个班的。我的样子，常常被人误认为是老师，所以那些孩子很胆怯地抬眼望了望我，然后小声地报出学校和班级：第一小学，六年级，三班。

我说："你们都是小学高年级的孩子了，马上要升初中，应该都很懂事了。你们向她丢石头，打伤了她，你们的父母还要花钱领她去看病。学校要是知道了，会给你们严重的处分，知道不？"两个孩子相互看了一下，说："她骂我们。"

我说："她的精神有问题，是个病人，即便是她骂人，也是生病的状态，你们读过《弟子规》，应该知道不欺弱小。你们不理她不就没事了，怎么还用石头丢她？"

两个人低着头，默不作声。我一看，奏效，便又说："下次就不要再和她计较了啊。再让我看见，会找到你们学校去的。走吧。"

两个孩子如获大赦，飞一般地跑了。

第二天中午下班，银枝又在老地方。她见到我走过来，小声嘟囔："我没惹他们，他们扔我（石头）。"

我心里很高兴，原来银枝不是完全傻，她也有清楚的时候，知道我昨天帮她教训那两个孩子。我微笑着对她说："你别骂他们，他们就不扔你了。"

"给我一块钱。"她突然说，"我要吃烧饼。"

以前她也索要过，只要我口袋里有零钱，总会给她。如果没有，她就会眼泪汪汪地请求。

口袋里有买早点剩下的零钱，我便给了她一元。她高高兴兴地拿着走了。

我不禁微微笑了，内心却有无法抑制的心酸。原来一块钱就会让她很开心，吃饱肚子就是她最快乐的事情。

生活中，我们也有那么多的不满足。房子不大，工资不多，老人多病，孩子不好好学习……想想哪一件事都是不开心。而银枝的生活，只要别人对她多一点点呵护，她就会很开心。

有时，快乐原来这么简单、这么卑微、这么无奈、这么辛酸。

为　爱

挽一朵素花

梦到外婆。她依旧着了灰色大襟的衣服，一脸愁苦的样子。

我很久没有到外婆坟上去了。我口口声声地说她是我最亲的人，而这十几年来，却一次也不曾到坟上看过她。很多时候，妈妈总是说："不用你回去了，有我们呢。"每次听这话，我便兴意索然："你给我捎话吧，说我惦记她呢。"妈妈总应了去。我知道妈妈担心我体弱，不想让我劳累奔波，又恐我伤心过度。可妈妈不曾想过，我再也不是当年的小女孩了。我已经懂得如何将悲伤和欢喜藏起，如何用自己的方式去怀念她。

我从两周岁起跟随外婆生活，是她一手带大的。离开她后，我独自在外求学。在我心目中，她就如我的母亲一般。她去世的那一天，我觉得我是这个世界上最孤苦的人。

但那一刻，我竟是没有眼泪的。

出殡的前夜，依老家的习俗，所有的人都在院子里行漫长的祭祀礼。我一个人独自在老屋内，守在她灵前。恍惚中，我见她胸口有起伏，如往昔入睡一样呼吸均匀。惊骇中，才发觉那只是我一厢情愿的幻觉。

不由得痛哭。至此，妈妈再也不许我到她坟上去。

在我敲打这段文字时，不可抑制的悲伤还是涌上心来，止不住泪水涟涟。

对于往事，我是不愿意回忆的。带了太多太深的爱恨情仇，所以我是将往昔埋葬了的人。

挽一朵素花，在心里。静静地祭奠。

夜 归

因为赶一个材料，午夜时分才疲惫地回家。初春的风，虽然已不再像冬日里那般浸骨，但一个人走在深夜的大街上，还是有点孤零零的。

脚在上楼时，已经很疼了。从摔伤至今有一个多月了，早该去看医生的，但心里就是不想去。原来我就是这样消耗着我的生命。

楼道里黑漆漆的。我是害怕黑暗的，突然觉得自己如此柔弱，应该有一双手牵着我一路回家。

到了门口，在包里窸窸窣窣地翻找钥匙包，我的脑子里却想，如果这时突然发现钥匙不见了，我该怎么办？我可以到办公室拿那套备用的，但前提是我得先进了办公室。要进办公室就得在这个时候惊动一系列的人。或者到朋友家去？在这个时间点，几乎所有的人都已进入梦乡了。要不去旅馆里住一夜？但不干净的房间不想住，贵的又太奢侈，只是几个小时的时间……有十几种选择，都被我一一否定了。最后的答案是，我会打一辆车，回家找妈妈。

这只是一闪念的感觉。钥匙被我很快摸到了。

踏进房门，温暖的感觉扑面而来——体温的，还有心理的。

原来人在孤独的时候，最先会想到的就是妈妈和家。

为 爱

一个电话，我就找不着她了。常常是这样。

我知道自己是爱她的。平时，我对她所有的了解只能通过电话。如果她和我赌气，就会关了机，不接我的电话。

我害怕她哭，害怕她一个小女孩会遇到什么伤害，害怕她像我小时候一样觉得孤立无助。我焦虑得不知道该怎样，只能不停地打着电话。

明明是她错了，但她的眼泪会让我投降。

不为别的，只因为我爱她。

在七月的夏日，我被她扔在街头。我追不上她。她个子比我高，体质比我好。她一路哭泣着，盲目地奔跑着。她不接我的电话。

害怕她找不到回来的路，害怕她找不到我，我只能守着她的书包坐在马路边上发呆。人来车往，人们好奇地看到一个穿着整齐的女人，坐在马路上默默哭泣。

一个小时以后，她低着头，自己走了回来。

我什么也没说。

回家的路上，我们在车里各自哭泣。

她有她的委屈，我有我的委屈。

总盼望着她快点长大吧。长大了，我所有的苦心，她慢慢都会明白。

房子与家

开始想让房子有个新面貌的时候，就想要装修房子。等付诸行动的时候，才知道有多难。

先是把房子清空，收拾的时候才知道，那些藏在角落里的东西有多少，林林总总的，有些变成了垃圾，有些始终不肯丢弃的，是因为那些物件附着了太多的回忆。

然后是土建，把结构不合理的地方做改动，方便起居。堵上一扇门，然后还要打开一扇门，必定要有一个出口，就像人的情绪。

一点点去挑选装修材料，门套的宽度、壁橱的式样、地板的颜色、灯具的款式，大到材质、颜色，小到一个门把手、磨花玻璃的花式，都要自己亲力亲为。爱情大致也是这样吧，需要这样一点点构建。

房子有了新的模样，住进来有一种惬意的感觉，在哪里都觉得很顺手。自己设计的时候，就是本着实用原则的。又过了若干年，房子里的一切便和生活融为了一体，自己对一砖一瓦慢慢有了感情，就算闭着眼睛，也不会摔倒。这时，房子就变成了家。

流星划过城市的上空

逃　离

每每受伤害了，就想逃离这个城市。

城市里，那些浮华会扰乱我的视线和判断。在这些熟悉的人和事中，有太多困惑包围着我。这些繁华和浮躁，让我找不到我想要的，找不到我何去何从的方向。我必须要找一个安静的地方冷静下来，方能整理我的思维。

我必须抽丝剥茧般，小心翼翼地保护自己的清醒和冷静。

也就是因为这荧光般的清醒，我会自己疗伤。我会把自己关起来，让自己在沉睡中休整，在思索中明理。

当危险来临时，如果无法抗拒，逃离，也许是最明智的选择。

流星划过城市的上空

我不知道，它是如何陨落的。

很长时间以来，我的郁郁寡欢是和它有关的。我的目光曾一次次追逐着它，看它璀璨的光芒在我的视线里长久地停留。

那时我就知道我是留不住它的，甚至感觉不到它的温暖。我只是被它的美丽所惑。它就像挂在墙上的一幅画，被时间的火光渐渐吞没。

在黑暗中行走得太久，我曾经那么渴望它的到来。可它从不因我的渴望而改变什么，它依旧按照它的轨迹，来了又走。

黑夜的锋利，足以将脆弱的心划得支离破碎。失血的思念，显得那么苍白无力。

它又一次从我窗前掠过，闪过微弱的、遥远的星光，然后悄然消失。

我听到陨落的消息。

在黑暗中哭泣。长久的等待，已让我的心苍老。我不能改变什么。

许多年后，我于偶然间，见到它的模样。

原来光芒四射的流星，只不过是一块石头，又冷又硬。

美好的存在，是因为我们心中的热情和执着。而现实却从不让我们懈怠。

我不知道，这样的一种真实，于我是一种残酷，还是一种幸运。而我终将在一次次的清醒后，学会冷静地思考。

也说焦虑

所有的焦虑，都来自一种不确定。

已知的和未知的，已来的和未来的，已经得到的和将要失去的，都是我们张望和焦虑的原因。

周迅在《飘摇》中唱道："怕爱了找苦恼，怕不爱睡不着。"金庸先生在《飞狐外传》中说："由爱故生忧，由爱故生怖。若离于爱者，无忧亦无怖。"

浓情厚爱，华屋美厦，锦衣绣衫，宝马香车……欲望总是没有止境的，所谓欲壑难填，凡夫俗子自然不能超脱，种种烦恼皆由此而来。

几乎所有的人都会如此想——我与他人皆赤条条来到这个世界上，本无区别，但命运却各不同。除了说造化弄人，似乎找不出别的理由。

没有大智慧，一般人难以摆脱焦虑的困扰。

所以焦虑时，别太为难自己，看淡一点儿吧。

劝人容易劝己难，其实我也常常焦虑着呢，嘿嘿。

杞人忧天

那天，心里闷闷的，打电话给女友荷。荷说："闷了就去爬山吧。你多幸福啊！我这儿连块麦地也没有，更别说山水了。"

一句话惊醒梦中人。

一刻也不能等待。放下电话，我打了一辆车就上山了。

山脚下是层层的麦田。我在半路下车，走进麦地，泥土的气息扑面而来。视野上下，遍是返青的麦苗，呼吸顿感顺畅。我慢慢往山里走，春天的山里，风竟是柔柔的。

整天窝在钢筋水泥的楼房里，房间里的空气还泛着冰冷，从来没有这么近切地触摸到春天。空旷的山野，天是浅蓝的，云是淡淡的，空气是宁静的，偶尔的鸟鸣声传得远远的，显得格外清脆婉转。

心一下子就豁然开朗了。大脑就像被格式化，一片清明。

混沌的生活给了人太多的压力，我已经不知道什么是快乐了。下河游泳，上山逮蚂蚱，春天放风筝，冬天溜冰，似乎是很久以前的事情。

那时水清天蓝、地肥山美，而今，这样的情景只出现在回忆里了，到麦田里走一走，竟成为一种享受、一种奢侈。

虽然留恋这山中的清新空气，但还得回到城市中去，还得让城市这个机器左右着我的喜怒哀乐。

消费欲望的无限扩张，加速了人们对自然的掠夺。人们一方面感叹大自然美景不断消失，另一方面又不自觉地破坏着自然。很少会有人想一想，到底是谁在改变着这个世界。

如果人类社会一直这样发展下去，不知道将来我们还能不能找到这样一块麦田，让我们真实地感受自然。

命悬一线

一直以为自己已经看破生死，可以笑谈生死。直到这一刻，高高的索道以大约四十五度的方向悬于太行山的嶂石岩景区中，我才觉得，内心对死亡仍然充满了恐惧。坐在索道的车厢里，高高的山崖拔地而起，几百米的垂直距离，让我不敢向地面望去。巨大的眩晕感，令我在每次偷偷向下望去的时候，都心悸得不能自持。

我只好抬头望向远处的山峦。薄薄的风吹过，吊在半空中的车厢突然左右晃了起来。我抬眼向上望去，车厢就挂在如儿臂粗的索道上。在这一刻，我的生命就系在这一条绳索上，可谓名副其实的“命悬一线”。如果纵身而下，必将化为一堆碎骨。

车厢突然在半空中静止不动了，心紧张得缩成一团：“不会这么巧吧，真的就出问题了？”心里撞鹿，怦怦直跳。过了十几秒，索道又开始缓缓移动。因有山岚，远处的风景几乎看不见，朦朦胧胧的。本来到高处是为了赏景，现在只剩下紧张。其实，心里知道是安全的，但总害怕万一——万一真的掉下去，我会不会很疼？万一真的面临死亡，最后一刻我会想到谁？大脑几乎不假思索地回答："女儿。"

十分钟后，索道到达山顶。同车的朋友下来后，脸色苍白，告诉我，手心全是冷汗，脚都软了。我暗自笑了，原来大家的感觉是一样的，还是站在土地上，心里最踏实。

流光碎影

流光碎影

喜欢在傍晚时分，站在窗前向外眺望。这个时候，天空总有几分宁静，我的思绪才能从纷杂中平静下来。也许白日里有太多的事务要去处理，就算灵光一现，也无法有时间静下心来抓住它。而此时，焦躁的心渐渐平息下来，一些感觉，流光碎影般掠过。

我知道，我应该把它们记下来。否则，这些光和影会很快地湮没在黑暗中。

深夜里，似乎对一切都是陌生的——这其中也包括对自身的感知。因为未知，所以总有一种焦虑，有一种无奈。我究竟是怎样的，前生以及后世，甚至连明天是什么样的，也不得而知。别说认识你，原来，连我自己都是不认识的！

然后，还是一片寂静。

心，就这样高悬着。我知道一切复于平静后，我会极度疲惫。我常常在沉睡中休整自己，而思想却片刻也不能停止。所以我累。

想到这一点，我只剩下了叹息。

人天生是孤独的。有时，我会莫名地不开心。一切不知道是怎样开始，又怎样结束。

就像一粒尘埃，我们无法知道风的方向。

过得去和过不去

做人做事，每个人有每个人的原则。同一件事，有多少个人，就有多少种处理方法。

上班经过一个路口，两辆车抢路，撞到了一起。其中一个司机说："你会不会开车啊？"另一个说："我会不会开车，关你什么事！先问问你自己会不会开车吧！"

路口挤成一团。

我心里想，也不知道交警干什么去了！我不想迟到，就打算从车旁边绕过去。

那两个人正吵得起劲，一位长者看不过，劝道："又没有大事，各退一步，算了。"我恰好走到旁边，老者指着我说："就像人家一样，都匆匆赶路，该忙什么，就忙什么去吧。"

听了这话，其中一个司机轻蔑地说："她骑个破自行车，我开的是奥迪，能比吗？"

本来事不关己，我也不想惹事上身，可听了他的话，我扭头对他说："你开个奥迪是从这头到那头，我骑个自行车，也是从这头到那头。要是不遵守规矩，我过去了，你过不去。"

蝉

天气不算热，可是窗后的蝉还是叫个不停。

它总在叫“知……”可是它知道什么？

老人常说：一瓶子不洒，半瓶子晃荡。洒出来的总是那些不满的。

遇　贼

有过很多次这样的经历。

本来自己辛辛苦苦种的庄稼，到头来果实却被别人摘走，人家还到处炫耀，好像真的是他自己种的一样。

有时，我懒得言语。

不言语不代表我不介意。可是，我想我种庄稼的本事他偷不去，他既没有那个悟性，也没有那个耐心，就算是他天天晾在房顶上，别人早晚也知道。

更重要的是，见了我，他总是心虚的。

好像他是得到什么，其实在他内心深处，他会始终欠我点什么。

规　则

一张卷子，两个人都得了五十分。甲做了六道题，错了一道题。乙做了十道题，错了五道题。显而易见，乙的错误率要高于甲。同等情况下，甲的排名在乙的前面。如果这张卷子决定一个人的去留，一般情况下，会留甲去乙。（从成本学的观点上说，甲比乙的成效更高。）

但事实上，如果在生活中，同样情况下，甲做了六件事，有五件是有效的，而有一件是无效的。乙做了十件事，有五件事是无效的，情况却有微妙的不同。虽然乙有五件事是无效的，但他在相同的时间里，做了十件事，至少他面对了十个不同的机会，即便失败了，比甲也多了四次实践的机会。因此，论经验来说，乙比甲更丰富。论工作速度来讲，乙显然高于甲。如果放在生活中去，事实上，乙将来的潜能更高于甲。

数字的规则不能等同于生活的规则。运用规则一定要结合实际。事实上，能效的高低不在于规则，而在于掌握规则的人。

别让规则成为桎梏。

若爱着

若爱着，生活是快乐的。哪怕累着苦着，爱你的人，只要给你一句问候或是一个微笑，你的心里就是满足的。

若爱着，盼望着下一个惊喜和拥抱。回家时一个小小的礼物，就会让她开心许久。哪怕只是一斤时令的水果或是她最爱的零食，你买回来的还会有关心和快乐。

若爱着，生活才是有希望的，有奔头的。今年可以换间大房子了。明年可以开新车去各地出游。

若爱着，生活是踏实的。开门的时候，有家的温馨扑面而来；下雨时，有人在门口撑一把伞接你回家；晚归时，永远有一盏灯为你亮着；生病的时候，有人为你日夜守候。

若爱着，风雨来临时，相互依偎着，相互温暖着，相互扶持着。

若爱着，请深爱。

来　生

“如果有来生……”

说这句话的时候，两个人总是紧紧相拥，眼睛里蓄满了泪水，其中一个人已经走到生命的尽头。

电视剧里经常出现的镜头，每次看还是有一种锥心刺骨的感觉。

为什么非要等到一切无可挽回的时候才后悔呢？为什么要把希望寄托在缥缈的来生呢？

来生只是今生的延长线。在数学中，所有的延长线都是虚线。

寂寞的歌者

手术刀和止疼片

写字是一把手术刀。

很多时候，我是不敢面对它的。我还没有将刀玩得纯熟，可以游刃有余地把别人的故事拿来，剖开来做成一道菜放在读者眼前。更多的时候，我像一个拙劣的初学者，在自己身上试试刀的锋利程度。所以我的文字是有节制的，它的疏导作用也是有限的。

刘向东老师是站在理论的高度上说的："文学作品肯定不是与创作者无关的客观产物，它只是依照某些规则写成。它是个人的表达，代表作者的整个人格。她的现在与过去、快乐与痛苦，都进入了创作的过程。而这个过程，也记录了她秘密的渴望与最隐秘的情感。"

刘老师的眼光是犀利的。说来惭愧，我是缺乏勇气的。我还没有勇气，将自己完全剖开来，让读者用放大镜去观察。

写字是我的止疼片。

不知是谁说过，人天生就是忧郁的。因为对自然的无奈，对社会的无奈。人的内心充满了压抑和矛盾。这些不良情绪在内心积累多了，就需要释放。要是不释放，就会像肌体一样，不通则痛。

有人选择了放纵，高歌，醉酒，或者打一场球，出一身汗，让身体的放松来缓释思维的沉重。

而我，最多的时候，是选择写字。把我的悲苦、欢乐、郁闷、不解、无奈在我的笔下一一绽放。变成花朵，就留下痕迹；变成灰烬，就消散成云烟。写完了，也就释放完了。

所以，我的文字更多的是自己的体味和感悟。

只是个小女人罢了——我常常自嘲。

疼痛的声音

总有人说文人的通病是无病呻吟。

我不以为然。

除了极少数文痞，真正用心写字的人，那些疼痛的声音都是发自内心的。也许他的文字是粗糙的，但这并不妨碍他的内心是真诚的。你感受不到，并不说明这种疼痛不存在。

世界上不是所有的事情，都需要亲力亲为的。

重要的是，看你有没有悟性。

当然我也反感那些做作的文字，但不能因为一根稻草，就否定了满地的麦苗。

诗歌的密码

二十四节气诗，前后历时四年，终于写完了。这期间，找出以前写的“小满”和“小雪”，也放进组诗中。这组诗，五千字，浩浩荡荡排列在一起，甚是壮观。

我写东西向来比较慢，而且只能写当下的情绪。有个写古体诗的诗人，前两年听说我在写节气诗，不过一个月的时间，他就写出二十四首来。让写了三年还没写完的我，甚是惭愧。

但我享受这种慢的过程。写诗又不是赶路，你不可预估前面路上的风景。浮在表象的写作，只能重复别人的经验，而深入事物的肌理，挖掘出内心与众不同的感受，那才是文字存在的意义。所以，基本上我只写当下的物候。就这样，散漫地写了三年多。

对于诗人，每个人都有一个写作密码。那些只可意会、不可言传的心事、情感、快乐或者忧伤，都尽数隐藏在句子中。顾左右而言他，这是每一个诗人惯用的伎俩。谁能剥开层层表象，找到那个密码，所有的句子便畅通无阻。

我喜欢写诗的过程，就像我写过的诗句：“我爱上的，是那段美好时光。”精彩的句子突然闪现，你需要眼疾手快捕捉它。有了核心，仔细体味，把情绪慢慢变成文字，不断打磨，让每个字都闪亮，让整首诗的每个句子不可分割，呈现出完美和谐的光泽。诗的美妙，在于“克制与默契产生的美妙感觉”。

新诗，从不会把现成的观点端给你。这一点也不奇怪。小说讲故事、讲人生，也很少直接告诉作者要表达的思想。所以，不要觉得新诗的字数少，就要求新诗平白无故地把什么都说出来。太过省事的读者，都不是好读者。

没有哪一种情感是孤立的。花开花落，四季轮回，月缺月圆，悲春伤秋，尽是惆怅。在一段又一段的诗句中，你会找到那一闪而过的情绪。

亲爱的，你找到属于自己的诗歌密码了吗?

寂寞的歌者

以文字形式行走的人，大都是内心寂寞和孤独的人。

对于生活的感受，不是都要说出来，变成有声语言。有声语言往往是需要现场有听众的。有了听众，就需要当时有反应或是赞赏，或是反对，或是同情，或是厌恶。而很多时候，人是需要独自梳理自己的情绪和思想的。喜欢这样梳理方式的人，多半是内心沉静的人。

许多时候，不开电视，紧闭了门窗，在一盏灯下，安静地读一本书。读到会心处，仰起头来闭着眼睛，体味那些人物的情绪、生活的哲理，这也是一种非常的享受。（每一本书，可能就是一扇新的窗口。）

也曾写下一行行的文字。为了简约地表达，写成分行的文字，我们把它叫作诗。有时为了把那些细腻的东西表述清楚，我们用了不长的篇幅把它记录下来，我们叫它散文。而有些整体的感受，不是一个片段能表达清楚的，我们开始写小说，让书中的人物说我们要说的话，做我们要做的事，表达我们的爱憎，阐述我们的世界观和方法论。

很多时候，写下一些文字，只是为了一种纪念。曾经来过的和将要来的，有对过去深刻的反思，有对未来隐约的希望。

我们是寂寞的歌者，是寂寞的享受者。这样的行走，带了个人的痕迹，却超越了个人的喜怒哀乐。共性是个性的基础，所以每个人的痕迹总会有时代的印记，因而我们的歌声虽然寂寞，但总不乏倾听者。

守住这份寂寞，便是守住我们的心灵。

有缘人

我不是个喜欢热闹的人，更喜欢这样，安静地写下一些文字。

很多时候，文字并不是像喝水一样，能大口大口地喝个痛快。它是有节制的，所以在对外和对内倾诉时，是有差别的。

许多年以前，我有写日记的习惯。从上中学开始，我一直记录了二十多年的生活，但到后来，我渐渐不想留下那些东西。生活给予了我们太多的痛苦，所以那些记录大多铺满了泪水。相爱的人都离我们远去了，空剩下些爱情的华裳在风中颤抖。

能读到这些文字的，都是有缘人。我的浅吟低唱，如果你听到了，就当是一场折子戏，看完了，合上书页，就只剩下回忆。细细体味，不知哪一句会唱出你的心事。

我知道，随着时间的推移，一切都会湮灭。所有的文字也不过是因情而动，随心挥洒。某一天，当它的使命完成，也许所有的文字都会湮没在时光中，随风而散。

第四辑　有谁曳杖过烟林

那年那园那楼

一

带朋友来段家楼，一次又一次。

推开百年的门，它吱吱呀呀地响，仿佛在问我，你又来了？

是。我微微笑着，在心里作答。

段家楼，位于石家庄市矿区境内，是北洋政府总理兼陆军总长段祺瑞于1913年投资兴建的，总占地面积十六万平方米，现存建筑面积九千多平方米，主要建筑有总经理办公大楼（简称总办大楼）、小姐楼、公子楼和煤师院等。它是西洋建筑与中国建筑艺术相结合的建筑珍品，现为国家级文物保护单位。

段家楼面对凤凰岭，背靠云风山，是方家所称的风水宝地。

想来千万年前的这里，该是草丰林密、鸟语花香之地，神鸟凤凰傍水而居，栖息于此，砂环水抱，一片祥瑞之气。

那年，偶尔造访。幽深的园，透着岁月的苍凉。初见，只一眼，电光火石间，仿佛被击中了一般，恍若前世的记忆，在这一刹被激活了。一切，那么熟稔。仿佛故人回乡，竟有说不清的亲切与欢喜。

人与物的相遇和人与人的相遇一样，都是一种缘分。喜欢或不喜欢，都没道理。

二

于龙凤观日亭东眺，视野开阔，景色尽收眼底，颇有居高临下的气势。

近处，田园村舍，鸡鸣犬吠，炊烟袅袅；远处，阡陌纵横，山峦起伏。

百年前，这园、这楼，还有这里的主人，是二十世纪初的新贵。在这乡村僻野，它裹着一股新鲜气息而来，犹如一颗璀璨的钻石，熠熠生辉。它是那样高贵、华美、与众不同——装扮齐整，前卫新派，还带了几分皇家的倨傲。

整个段宅的建筑风格为中西合璧的典范。花楼奢华舒适，精巧宜居；总办大楼开阔大气，严谨讲究；配楼简约实用，主次分明；综合娱乐楼灯火辉煌，笙歌彻夜。想来那是怎样的烈火烹油、鲜花着锦。连门墙上的莲花座，仿佛都生出几分颜色来。

斗转星移，在朝代更迭、世纪交替中，它的一些东西，被战争、炮火带走；一些东西，被人为地改变；还有一些东西，顽强地守候着。

园子里的戏台，在战火中化为灰烬，德式的屋顶已不复当年的模样。

综合娱乐大楼和一座配楼被拆。院子里，还建有一个极大的当代的职工食堂。

花楼和总办大楼的主体建筑，完好地保存下来。

百年的光阴，在历史的记忆里，或许只是一个刹那。而它，由繁华入寂静，从华美到素颜，任光阴荏苒，风范依然。

三

站在园内望去，阳光下，它像一位久经世事的老人，内敛、睿智、宽容、不动声色。

园内，古柏参天。一年四季，不论何时，都呈现出深深的绿。盖这园子时，它们随主人从家乡江浙地区来到了北方，然后扎根生长。百年过去了，它们高耸入云，枝干纷纷南倾，遥望故乡，被称为思乡树。

高大的梧桐树，枝繁叶茂。入秋，落叶飘荡下来，覆了满地，那种繁华过后的沧桑如水，一波连着一波。

龙凤观日亭歇山式的屋顶上，衰草随风摇摆，与屋檐下涂了崭新颜色的精美木雕形成鲜明的对比，让人凭空生出些岁月苍茫的感慨来。

蘑菇石搭成的葡萄架依然。枝蔓缠绕，一岁一枯荣。

穿过垂花门，一株来自日本的楸树孤零零地生长在古戏楼废墟的一角。它像是一道伤疤，让我们无法忘记，也不能忘记，过去那段苦难的岁月。

距楸树不远，有一棵核桃树。当年栽下它的时候，主人心中一定寄寓了开枝散叶、多子多福的美好愿望，但它渐渐枯萎了。2000年，段家楼被命为省级文物保护单位。这一年春天，园里的工作人员惊奇地发现，这棵已经枯了二十五年的核桃树竟萌发了新芽。

枯木逢春，老树新枝，当传说真的成了现实，引得人们啧啧称奇。

四

新物事，总有种咄咄逼人的气势，而旧的物事，会呈现出一种绵长久远的温和，它不再光鲜亮丽，但它因岁月而沉淀出一种核，老而弥坚。

或许，我们都是这园、这楼的过客。来了，又走。但每一次走近，我们都会深深感触到它的脉动，缓慢、深厚、有力。

这，就是文化的根；这，就是文明的根。它让我们从蒙昧走向光明，它让我们在有限的人生，感受到无限的魅力。

回望那年，那园，那楼。

岁月深深。

最忆是杭州

杭州的春天，是水洗烟笼的春天。龙井山下的一位茶农风趣地说："杭州这个月，下了两场雨。一场下了十八天，一场下了十二天。"一行外地茶人听了，不禁莞尔。

惊蛰前后，狮峰山下，当第一对新芽从茶园中泛出嫩绿的颜色时，龙井村的人们便开始忙碌了。女人灵巧的双手十指翻飞，男人们在家里杀青炒茶。天南海北的茶客们，闻风而来。

待到阳升浊降、天气清明，这时，最金贵的明前茶，除了自家留着待客的，几乎售罄。春茶在春雨中一点点采制完成，齐整地装在筐中待价而沽。这时，茶园的主人换了月白的长衫，在自家后院的井中汲了泉水，取了各色茶具一一摆开，沏一壶新茶，稳稳坐下来，静待随缘的客人到来。

我们到达杭州时，正是烟雨朦胧的三月。"西湖美景三月天，春雨如酒柳如烟"，这样的诗句一直在脑海里萦绕。安顿好行李后，一行人顾不上天气将雨，迫不及待地去往西湖。

人间天堂数苏杭。杭州人有着精致的生活。两千年的历史沉淀，让杭州的衣食住行有着数不清的故事和传说。

三月，杭州人出门习惯带一把天堂伞。晴时遮阳，阴时挡雨。在平常的日子里，那五颜六色的雨伞亦是一道亮丽的风景。想当年，西湖畔，白素贞与许仙的姻缘也全凭一把油纸伞。船将行至断桥，白素贞呼来一片急雨，顺势含情脉脉地借伞给许仙，为再见面做了铺垫；还伞时，郎有情妾有意，一把雨伞，终于成就了许仙和白素贞一段姻缘。故事的开始和结局总是悲喜交织，我们在长桥边，遥望夕照山上的雷峰塔，不由得会想到在雷峰塔下修行的白蛇，感慨戏如人生、变化无常。

长桥不长，远远望去，曲曲折折的长桥九曲回环，山伯和英台于此漫步。暗生情愫的英台，几次戏弄实诚的山伯，最终，山伯将手中的折扇送给了英台，做了娶九妹的信物。“十八相送”，大概是梁祝故事中最明亮和最轻快的情节。

我们走过长桥时，风吹水漾，阴暗的天空映着被湖水打湿的桥面，呈现出灰扑扑的颜色，无端让我生出丝丝忧伤情绪。刻在青石桥板上的蝴蝶，双双对对，沉重的翅膀终是无法飞过西湖，成为千古悲情。

由南山路过杨公堤向西，在狮峰山下的茶园里逗留，看女子们在茶园里采茶，抬头望见不远处的村落，白墙灰瓦，山岚飘来，似画中图画。约定好等时间充裕了，再来茶园品茗买茶。

过岳王庙，向南是苏堤，沿苏堤有曲院风荷、玉带晴虹、苏堤春晓、雷峰夕照几个著名景点。当时我们一路懵懂，并没有向南，而是信马由缰，从北山街口向西，转入白堤。

百年老店楼外楼不远，就是中山公园。无意中踱进园来，见小桥流水，再往前几步，发现眼前竟然就是孤山！呼朋唤友，沿台阶一路向上，有乾隆行宫鹫香庭、万菊亭，山后有梅鹤轩。孤山梅园，天下皆知，是因为梅园里有一位诗人林逋。“疏影横斜水清浅，暗香浮动月黄昏。”林逋隐逸在此，放鹤种梅，称“梅妻鹤子”。“众芳摇落独暄妍，占尽风情向小园”，好不逍遥。

在孤山上徘徊。因是雨天，绿意阴沉，倒是满山的香气隐隐散发出来，说不出是桂香、梅香还是菊香。一路上，亭子众多，形态各异，特别是半山上的万菊亭，建筑精巧，非常漂亮。孤山位于西湖的里湖和外湖之间，四周被湖水环绕，因东连白堤、西接西泠桥，可谓孤山不孤。孤山有众多人文遗迹，仅西泠桥畔，就有苏小小墓、秋瑾墓、纪念欧阳修的六一泉、著名的西泠印社等。因留恋于此，耽搁了过长的时间，我在众人的催促声中一步三回头地离开。

“未能抛得杭州去，一半勾留是此湖。”诗人白居易在杭州客居多年，入仕后，于822年至824年期间任杭州刺史，留下大量关于西湖的诗歌。

“湖上春来似画图”，西湖的每一个角度都是一幅美景。白堤上，一树一树的碧桃开得正好。沿堤缓缓而行，几丝细雨时而飘来，时而消失。绿的草，红的花，烟雾蒙蒙的湖，都让人恋恋不舍。“斜风细雨不须归”，年轻人三三两两骑了共享单车，在路上结伴而行；带了宝宝的父母们，只是把婴儿车的遮雨篷放下，给宝宝遮雨；白发的老太太和老爷子慢悠悠地散着步；游人们不疾不徐，时不时举起手机拍照留念。

行至平湖秋月，视线顿觉开阔。“乱峰围绕水平铺”，想那秋高气爽、皓月当空，“松排山面千重翠，月点波心一颗珠”，那是怎样高远开阔的美景？心中生出无限向往。亦安慰自己，能赏得西湖春景，也很幸福了。

一路向东，便见一座桥绵延逶迤，如玉带盘绕于湖上，十分好看。我心想，这定是传说中的断桥。于是左右取景，一顿狂拍，结果被路人告知，此桥为锦带桥，断桥还在前面不远处。哦，是吗？谢谢！心里对断桥又多了几分期许。

漫步锦带桥上，向北遥望，宝石山上的保俶塔纤如淑女，秀气端庄，再回想夕照山上的雷峰塔，如老僧入定。二塔遥遥相对，相映成趣。

天色已暗，将近黄昏，小雨渐停。不过一里地，远远望见一片灯火，一座普普通通的单孔石拱桥就在灯火深处，这便是名满天下的断桥。

断桥，是一所爱情桥，因白蛇和许仙的故事，这座桥多了几分神秘和想象。桥上熙熙攘攘，游人都在拍照留念。断桥残雪，是西湖十景之一。但江南少雪，能看到断桥残雪的，寥寥无几。我们只能通过诗人的诗句，来满足我们内心的向往。“高柳荫长堤，疏疏漏残月。蹩躠步松沙，恍疑是踏雪。”诗人张岱在春夜里漫步断桥，在松软的沙地里奋力挪行，权当是踏雪。

世人皆言，断桥最美在冬季。但明代画家李流芳《西湖卧游图题跋》有语：“往时至湖上，从断桥一望，便魂消欲绝。还谓所知：湖之潋滟熹微，大约如晨光之着树，明月之入庐。”可见，断桥观西湖之春，深得西湖之髓。

于是，由断桥回望西湖，但见烟波浩渺，山水相映，如诗如画。虽无缘得观四季美景，但心无憾矣。

走马成都

成都是个闲适的城市，它既不像北京那样中规中矩，也不像上海那样节奏紧凑。它像个小家碧玉，温和婉约，不紧不慢，被称为最适宜生活的城市。

如果在其他城市，你看到的是行色匆匆的行人，那么在成都的大街小巷，你看到的则是坐在藤椅上喝茶聊天的男男女女，这其中大有水灵灵的川妹子和秀气的帅哥。临街的店铺全然没有其他大城市里招呼客人的吆喝声，却常常有麻将桌摆开了，客人来了买点什么，主人就放下牌、拿了货、收了钱，然后继续打牌，好像生意不是自己的。连成都人都自嘲，成都不是个创业的地方。

成都称蓉城。芙蓉花是成都的市花，所以在成都的大街小巷可以看到品种繁多的芙蓉，其中最有名的当数“醉芙蓉”。早晨花儿开放，花朵洁白如玉，到中午时，花朵呈现出淡淡的红晕，像是少女饮过酒微红的脸颊。至傍晚，花朵则变成深红色，艳丽无比，所以“醉芙蓉”还有一个别称，叫“美人面”，光听这名字，就觉得无限销魂。

成都亦称锦城。早在汉时，蜀锦就闻名天下。蜀地产桑，汉乐府有一首诗叫《陌上桑》，其中写有一位采桑的女子叫罗敷。现在火车过秦岭进入川地后，有一个站名就叫罗敷，这说明在两千多年以前，蜀地的丝织业就很发达。蜀锦色彩艳丽，纹样变化简洁、典雅，质地细腻、坚韧丰满，早在春秋战国时期，就以“寸锦寸金”而闻名诸侯各国。蜀锦和云南的云锦、苏州的苏锦、广西的壮锦并称为中国“四大名锦”。

成都又称“红粉第一城”。川中气候湿润，川中的女子长得个个娇巧玲珑，皮肤白皙水灵。山清水秀，造就了川妹子甜美的嗓音，说起话来总是娇滴滴的，无端地惹人怜爱。有句顺口溜：“到北京才知道官做得太小，到广州才发现钱挣得太少，到海南直埋怨身体不好，到成都真后悔结婚太早。”虽然是句玩笑话，却说明成都的妹子真的非常漂亮，真正称得上是“红粉第一城”。

川地湿润多雾，海拔较高，日照时间长，是产茶的好地方。像蒙山冻顶、峨眉竹叶青、毛峰、满口香、青城旗茶、野玫瑰、羌寨乞丐茶，这样的好茶比比皆是。好（hào）茶，也是成都的一景。在成都，不过三五步便是一个茶楼，五元钱一杯茶，即能在茶楼泡上一整天。朋友相聚、谈生意都可在茶楼中，虽然档次各有不同，但追求舒适却是成都人永远的宗旨。

在成都，一切都显得那么舒缓。成都人的生活，用他们自己的话来说，是“打点小麻将，吃点麻辣烫，喝点跟头酒，看点歪录像”。

有个笑话说，当你乘飞机来成都时，不用担心不知道地方，当在空中听到麻将声时，底下肯定是成都。成都人大多喜欢打麻将，因为成都地处四川盆地，气候潮湿闷热，人们喜欢在街头摆开“战局”、纳凉的同时，也休闲好玩，所以麻将的洗牌声会响到很晚。成都人打麻将讲究“小赌怡情”，大多是五块钱一把。或是街头，或是茶馆，冲过凉后，牌桌摆开，泡上一杯茶，自娱自乐。成都人打麻将时会把花牌和字牌全都去掉，有很多讲究，什么清一色、绿一色、一条龙、对对和、捉五魁等，最有意思的还有血战到底、血流成河。“血战到底”是指不论几个人打牌，一个人和牌后，这把牌还没有结束，其余的人继续打牌，直到剩下最后一个人，方算结束。“血流成河”是指一个人和过牌后，如果下一个人继续打这张牌，他还可以和。所以不懂川地规矩，切莫轻易地下场。

成都人爱吃麻辣烫和火锅，越是夏天越爱吃。一般的火锅，在其他地方主要是吃牛羊肉，而在成都吃麻辣烫和火锅，什么都可以下锅。成都人打趣说，天上飞的除了飞机，地上有腿的除了板凳，没有什么不能拿来涮的。成都吃火锅的调料也和其他地方不同，他们一般是用麻油和蒜蓉、盐、味精做成调味品，蘸了吃，现在还加少许的虾油，味道更鲜美。锅底一般是麻辣的，如果外地的朋友吃不得太辣的，还可以叫鸳鸯锅，一白一红热浪翻滚，煞是好看。不过，如果你吃过了麻辣锅，定会非常喜欢。川锅麻得醇厚、辣得鲜香，像老字号的德庄，锅底还加了其他底料，味道更是与众不同，吃得让人大呼过瘾！因蜀地潮湿闷热，吃辣椒会让人大汗淋漓，一扫体内溽热之气，实在是有利于健康。成都人喜吃毛肚和鹅肠，毛肚吃的时候讲究“七上八下”，毛肚在锅里煮得时间短了会不熟，吃了易闹肚子，煮得太过了又容易太老，嚼不动，而在锅里如此提起放下七八次，毛肚便刚刚好，吃到嘴里又嫩又脆，真是美味。

成都人会吃，还体现在它花样繁多的小吃。面食中的担担面、凉面、龙抄手自不用说，像赖汤圆、叶耳粑、醪糟、粽子等小吃，不下几十种，在小吃街上，每种随便尝一点点，便会吃得你大饱而归。我曾在成都的街头吃过一碗龙抄手，小小的担子，一边是锅子，一边是面摊，站着等上三两分钟，一碗热腾腾的龙抄手就递到你手上。也有年轻的情侣，各自端了一小碗，面对面边聊天边慢慢吃着，在人来人往的大街上，似乎一碗龙抄手就隔开了全部，于是这龙抄手便有了深情的意味。

川地多雪山，水质清冽，除了出美景，便出美酒。像鼎鼎大名的五粮液酒、剑南春酒、泸州老窖酒、全兴大曲酒、郎酒、沱牌曲酒，均出自川中，被称为酒中“六朵金花”。还有诸多如酒鬼酒、绵竹大曲酒、文君酒等，也是人人称赞的好酒。但因为名酒价格过高，老百姓一般消费不起，因此自己喝的多是那种用粮食酿的散装酒。美味加美酒，喝到微醺处，踉踉跄跄迈步回家，仿佛腾云驾雾一般，这就是他们嘴里的“跟头酒”。

成都人说的“歪录像”，可不是大家所想象的三级片，而是那种用四川方言出演的电视、小品、戏曲、相声，类似于重庆卫视的《雾都夜话》之类的方言节目，是相对于普通话“正剧”节目而言的。因是天府之国，成都人生活得有滋有味，有些许自恋情结也是可以接受的。四川人的茶楼中有很多节目也是方言节目，吸引了很多观众。

说到川文化，自然要提到川剧。川剧之所以名扬天下，是因为川剧有三绝——变脸、吐火和顶灯。川剧中有一出戏叫《皮金顶灯》，演员将燃着的灯盏放在头顶上，不用手扶着，灯在演员的头顶及脸部来回移动，演员还要在凳子上上下翻转，做出种种高难度的动作，最后吹熄了油灯。这在其他剧种中是没有的。吐火的妙处在于喷火时间的掌握，以及喷火时的收放自如。至于变脸则是川剧中最好看、也最引人的表演。变脸原有三种方法：气功变脸、吹脸和扯脸。前两种都已失传，现在大家看到的变脸主要是扯脸。至于怎样扯下来，就属于绝对的秘密了。我等看客也不过是看个热闹罢了。

成都市还有很多好看的地方，比如司马相如和卓文君曾经沽酒为生的琴台路，繁华的春熙路商业步行街，茶楼中伴着古筝声声的茶艺表演，沿锦江而行赏一赏成都城的夜景，都是很好的享受。只可惜几次穿城而过，我在成都市停留的时间总共也不到二十四小时，连我最仰慕的诗人张新泉先生，也未能有时间前往拜访，实是憾事。对于成都，我是真正的走马观花了。

入川纪行

麦子与青稞

过秦岭后，初进川地，正是刚刚立夏、不到小满的时节，但见山脚下的麦子不像太行山脉的层层梯田，而是像随意撒下种子，麦子是成片成片的，既不成行也不成垄。我心下很是奇怪，暗想：难道川人如此懒惰，连田都懒得耕吗？

从成都到九寨约四百公里。进入岷山山脉，顺着盘山公路，一座山峰快要爬到顶时，一个转弯，又是一座更高的山峰，如此一直向山上开去。海拔越来越高，村落也越来越少，湍急的岷江一直伴随着我们三百多公里。川地气候湿润多雨，山里大部分的植被很好，空气也很好，每过两三个小时，旅游车就会停下来，让大家休息十几分钟，唱唱歌或是为车加油加水。

在成都时，大家还是短袖短衫的夏装，越往山里走，越感受到晚春慵懒的脚步还在迟迟停顿着。每停一次车，导游就不停地换衣服。先是由半袖的夏装换成长袖的T恤，在过了岷江源贡嘎岭之后，她又换上了毛衫。而此时的同伴们也已感觉到嗖嗖的冷意。我开始为自己庆幸——在我走之前，朋友特地从千里之外的张家口打电话告诉我要带全四季的衣服。

车经过茂县后，再往山里去，山上几乎看不到阔叶植物，路两旁的地里，不论是种了蔬菜还是青稞，都覆了塑料薄膜来保温。川西高原春天来得晚，一年四季早晚温差大，所以山里一般每年只种一季粮食，蔬菜也只有马铃薯和洋白菜。

想起初进川地，麦子都已开始收割，而此时的青稞却只有半尺高，移步换景，真是一步一重天。

岷山山脉大都是页岩结构，山体极不稳定。常常会看到山体滑坡留下的痕迹，公路的两旁，常常有防护网，用来防止山体滑坡或是石子飞下。让我们没有想到的是，后来在九寨沟，也是因为滑坡，我们错过了欣赏拍摄《卧虎藏龙》和《十面埋伏》的箭竹林，也错过了与被称作"活化石"的野生大熊猫亲近的机会。突然想明白，为什么川地在山坡上种麦子会不分行、不开梯田——像这样的山体，山的表面只附了一层薄薄的土质，能长出庄稼已是不易，再开田辟地，山体恐怕是承受不起。

也笑自己最初的疑问，有些事情先入为主，往往带了主观意象。其实，非常之事，必有非常之理。

麻辣烫与酥油茶

在巴山蜀水中流连忘返，惊叹于大自然的神奇，但对于旅行时的团队餐却不敢恭维，米太糙了。四川的老乡说，这是因为川地海拔高、光照好，作物的生长期短，所以米才会不好吃。因为不好吃，所以聪明的四川人才会用各种办法做出各种各样的小吃，并且有很多小吃名满天下。老子曰“物极必反”，看来极有道理。

这恰好给了爱美食的我一个机会。我习惯每到一个地方，一定要去尝尝当地的美食。否则，如我这般好吃之人，岂不可惜。所以每到一处，我便在团餐时蜻蜓点水般吃一点，然后独自溜出去寻那些好吃的东西。

初到九寨，夜晚有些凉，虽着了毛衫，仍是有些瑟瑟的，便去买了大红的羊毛披肩披在身上。在漳扎镇的街头闲逛，肚子依旧咕咕乱叫。走过十字路口，有香味传过来，灵敏的嗅觉引我转过头去，只见在路口有一家麻辣烫的小吃摊，老板是位中年妇女。

我颇不以为然。石家庄市有大大小小不计其数的麻辣烫，那种吃法，是把要吃的食品放在锅里，然后用事先准备好的汤煮熟了，就算完事。我只吃过一次，便弃而远之。

也可能是我的眼中有食欲，眼睛扫过去的时候，老板就问，要不要来几串？我迟疑了一下，见座位上两位美眉正吃得过瘾，而且那些做吃的家什也和我印象中做麻辣烫的不大一样，便点了点头。食品柜上放着穿好的各种蔬菜和肉串，我点了木耳、蘑菇、藕片、扁豆和羊肉，一样两串，心想，这些吃完了，肚子也就差不多该饱了。

我留意了一下老板的做法。那些食物，先是被放在锅里用油略炸一下，然后再像烤羊肉串一样，用燃木炭的炉子一烤，食物的香味便散发开来，再扫上辣子、孜然一类调料端了过来，我肚子里的馋虫早已蠢蠢欲动。咬在口中，蔬菜被烤得香脆甘甜，本身特有的香味被调得淋漓尽致，加上调料咸香辣适中，吃得我口齿生香，失了淑女相，暗呼过瘾。再看那羊肉被烤得外焦里嫩，尝一尝，肉质细嫩，肉香浓郁，口口留香。

一不留神，一盘子烤串就被我吃光了，仍觉意犹未尽，呼老板各样再拿一串来，方才作罢。正在回味时，见旁边有一牌子，上写“正宗酥油茶”，不觉好奇，问老板。老板回答说这是自家打茶筒打的，绝不会少放酥油和糌粑，五元一杯。

“来一杯。”趁着兴致，我似乎也多了几分豪爽。

女老板笑着让我稍等。然后大声呼来一汉子，交代几句，那汉子便离去。

不一会儿，那汉子端来一大杯热茶并一个银壶，憨憨地笑着递给我，说喝吧喝吧，对身体好着呢，喝完了还可以再续。

原来他们家就在不远处，刚才是丈夫回家去做茶。我在来的路上就听导游介绍，说一般内地的人是喝不惯酥油茶的。我闭着气，试着喝了一口，有一点咸咸的味道，咽下后，有浓郁的奶香以及茶的清香。还有糌粑，细细嚼起来，有青稞特有的香味。

原来酥油茶是这么好喝。

我感觉到这个茶的味道不一般，就问老板。老板说，这是高原上特有的大马叶茶。

实在是“要想知道梨子的滋味，只有亲口尝一尝”。

后来才知道，我是我们这次进川二十八人中，唯一一个尝了酥油茶的人。

好茶啊！我一边看朋友们啧啧后悔，一边得意。

川藏锅庄与峨眉小调

爱旅行的人，大都做惯了天马行空状。我亦不例外，况且在一地闷久了，爱极了不同的风土人情，每到一处，便喜欢四处游逛，去寻些当地的与众不同。

在九寨之行中，有一晚是住在阿坝羌藏自治州的茂县。我们入住的宾馆在县城的外环，隔江的灯火闪烁处，才是县城的繁华所在。晚饭一过，我照例溜得最快。

茂县县城是羌、藏、汉族混居的地方，从他们住的房子就可以看出来。很多屋顶上都有砌成的三角形的石堆，据小王导游介绍，这是羌族敬奉的神灵“白石神”。阿坝州的羌族据说是为了躲避战争而移居到此的。他们沿岷江而居，住在高高的山顶上，所以被称为“云朵上的民族”。他们的房屋是用山上的片石和江边的鹅卵石堆砌而成，每家的屋顶都是连在一起的，远远望去，每个寨子就像是一个大院子。只不过，现在的羌族人从山上移居到山下后，即便住了楼，在楼顶也会砌三角形的石堆。

让我非常惊喜的是，县城的广场上有许多人在跳锅庄。锅庄在藏族中就像秧歌在汉民族中一样普及。它的步伐简单，动作多是从人们生活劳动中演变而来，比方打青稞、劳作归来掸衣拂尘、挤羊奶等，非常具有民族特点。我在旁边看了一会儿，也兴致勃勃地加入队伍中去了。队伍中，有许多着民族服装的羌、藏族人，从八十岁的老婆婆到还在幼儿园的小朋友，从年轻漂亮的女子到白发苍苍的老者，都在其中。有的路人路过时，也停下摩托车和自行车跳上几圈再走。

那种氛围，就算是有天大的烦恼，在音乐和舞步中也散去了。

峨眉是此次川地之行的最后一站。我们当晚住在峨眉山的脚下，离峨眉县城有十几公里。我坐车到了县城，寻到峨眉县城中的好吃街。

好吃街上全是一家家的小吃店，灯火通明，熙熙攘攘。我找到一家干净的店，坐在街上。我喜欢坐在外面，这样可以看到街头的各种风景。

要了一小碗凉面，一小碗酸辣粉，还有一碗各色水果，一边慢慢品尝，一边看人来人往。正悠闲自得，一位手提二胡头、戴耳麦的中年男子走过来，问我要不要听曲儿，一首五块。

递过来歌单，有《梁祝》《二泉映月》等曲子。我点了《赛马》和《二泉映月》。他拉得非常认真，指法娴熟，弓弦张弛有度。委婉的《二泉映月》和欢快的《赛马》在夜色中荡漾开来，大街一下子安静下来，许多人都在侧耳倾听。

正在此时，有一家美国的电视台到好吃街采风，记者和主持人一路拍过来。停到我的桌前时，演奏者丝毫不受影响，拉得非常投入。那位美国记者给了我们几个特写镜头，漂亮的女主持人说，现在的中国人生活富足而有情调，在街上吃饭，也可以享受到音乐和艺术。

当演奏者收了弓，有许多掌声响起来。他说，再给你唱一首峨眉小调吧。没想到他的音色非常美，一首赞美峨眉山的歌，竟有几分阎维文的感觉。我不禁鼓起掌来。小小的县城，竟有如此人物。问及，他说自己以前是工厂工会的干部，后来下岗了，年龄也大了，不想到外面去闯，就在家门口找点事干。因峨眉是个旅游胜地，天南地北的人都有来过，他就自己上街卖艺，收入也蛮好。

他说，祝你在峨眉玩得开心。

这是一份开心的工作，我想。既愉悦了他人，也愉悦了自己。生活就是在这种愉悦中丰满和快乐起来的吧。

过我眼，即我有

去苏州的时候，正是雨润烟柳轻的季节。

沿苏州河的一条小街缓缓行走，空气中有淡淡的凉意，青石板的小巷子，白墙灰瓦，屋角下经年的苍苔，呈现出不同层次的黛青，恍若树木的年轮。三三两两的小店散落其中，偶有游人，如我一般左右盼顾，想必也是喜欢这苏州城的韵味。古老的城，必要入其幽深处，方能探到它久远的气息。

这样的时刻，鲜有嘈杂。

一扇门“吱呀呀”地开了，随着花白头发的老太太走出来，一起飘出来的，还有绵软婉转的苏州评弹。

一家店铺，挂了大大小小的团扇在门口，扇面是清一色的丝织品，大的是古朴典雅的山水印花，小的巴掌大小，是梅兰竹菊印花，还有的状若荷叶，扇面有精美的刺绣，红梅绿萼，叫人爱不释手。挑了三五把放入行囊，抬眼一搜，竟发现一对龙凤床钩和一件漆盒静卧角落。

拿起来端详，那龙凤床钩是铜质的，龙飞凤舞，铸造得十分精美。

可能是原来使用过的缘故，在弯钩处，露出温和的黄色铜质。那件漆盒，只有碗口大小，色黑红，盖子上有浮雕的牡丹花，盒体上亦有花叶繁复的雕花。这可能是一只首饰盒吧，不知传了几代人，它的包浆温润沉静，即便是在这样昏暗的角落里，依旧有种不可言传的高贵气度。

店主是位女子，她只是悠闲地整理着货品。问到这只漆盒和那对龙凤床钩，她抬眼看了看我，迟疑了一下，方说是家传的。问及价格，那对床钩要两千元，而那只漆盒却要八千元。

我微微一笑，心想：这该又是一次惊艳的邂逅。

于我辈而言，对这些古物，向来心存敬畏。一来没有辨别真伪的能力；二来虽然喜欢，但要真的花大把银子置于家中，却是不肯的，毕竟温饱问题才是首要的。这似乎有叶公好龙之嫌，可是，当个叶公也没有什么不好。尽可饱享眼福，尽可展开想象，那每一件器物后有多少故事。喜欢，也仅限于喜欢。没有太多的欲望，就少了那些拥有的烦恼和担忧。

这漆盒在我手中摩挲半日，终于交还给主人。

过我眼，即我有。拥有并不只是物质形态上的。更多的时候，对那些偶然相遇的美好，只是惊鸿一瞥，却往往记忆犹新。

出了店门，我仍然回头张望了一会儿。

此刻，苏州的天空仍然细雨霏霏，走过小桥，经过长长的一段路，再拐一个弯，高楼、车流、行色匆匆的人群，都市的气息一下子涌了出来。一个瞬间，仿佛有时空交错的幻觉。

也许这一生，只有一次机会来苏州。苏州有许多美丽的地方，而这只漆盒却是我最清晰的苏州记忆。

我的渴望我的海

海，于我而言，永远像是充满诱惑的梦。我总是一次次地梦想，可以天天坐在海边发呆，可以不受干扰地在海滩上尽情释放自己。

我又一次无法逃离它的诱惑。

游人还不是太多。不太纷扰，也不太寂寞。三五成群的大家庭、两两相拥的情人是安静的，还有一群热情洋溢的年轻人，他们的快乐是不加修饰的。他们的笑声和嬉闹声给海带来了生气。

租了一辆旅游自行车，是那种双排座的。很好玩，也很新鲜。骑了它在小城的街道上闲逛，有那种无拘无束、悠闲自得的感觉。

这个小城的人不是很多，在不是避暑的时节，游人也很少。因而它显得安静，像个淑女。它的空气清新，绿意盈盈，街道干净，交通有序，让人觉得非常舒服。来来往往的人群，多是当地或附近的人，美女非常多，非常养眼。她们大多身材高挑，鹅蛋脸，大眼睛，高鼻梁，樱桃小口，皮肤白皙，穿了纯白、浅黄、粉红、湖蓝的衣衫，很是美丽。

这也是小城的一景。

走了不远，下坡时，就远远地望见了海。

不由得驻足。心情激荡得像是见到久别的爱人。

海是瓦蓝色的。雨后的阳光，柔柔的，不炽热，不张扬。海风带了一丝微微的凉意，轻轻吹过脸庞。我坐在海边，美好得仿佛在梦里。

海不是孤独的。一次次幻想和体验，自己沉入海里，一直向下，向下。不挣扎，也不醒来。心里在说：海，我来了。

只要在海边，我就很少去其他景区。

沙滩很洁净，可以随意地或坐或卧，放松的感觉真的很美妙。在想：要是和心爱的人在如此境地，该是神仙眷侣了吧！

黄昏很快来临了，没有看到想象中的日落。凉意很快就袭击了全身。

回身时，见有很多卖各种工艺品和纪念品的。想起很多年前，在此地失之交臂的那块玛瑙，心里一阵向往，便在地摊上一一搜寻着。

不理会商贩们的纠缠，只专心地找寻着。一家、两家……没有我想要的那一种。渐渐有些失望。再转过来，就要出海滩上公路了，一个木架子上挂满了各种贝壳、珍珠、玛瑙。没有主人。

一蹲下来，那块深红便映入眼帘。擦净了上面的尘土，它静静地卧在我的手心，温润的，晶莹的。那种沉静的红，不浮躁不张扬，没有杂色，用棕色的丝线横穿而过，下面是棕色丝线结的穗子。拿起它，对着天空照了照，有大自然留下的絮状的痕迹。

是它，它就是我想要的。

主人过来了，是位清秀的女子。见我选了这个挂件，便笑道："姐姐好眼光。只有这件是上品。"

眼光及处，见一串手链，椭圆形翡翠绿的珠子，珠子的两头，用做旧的银白色的花托镶着，棕色的丝线一一穿起来，收口用中国结打了活扣，心里觉得好喜欢，拿来戴在手腕上，便舍不得摘下来。

高高兴兴，像得了宝贝似的，心情一下子就好起来。

女人对珠宝玉石有一种天生的偏爱。不是在乎它的名贵与否，而是爱它的美丽。我好像也没能例外。爱它，是因为它像海的温润。

夜的海是如此孤寂。只有海浪拍打海岸的声音。

在这暮春初夏的夜里，一弯皓月当空，海让我觉得比白日里更亲近。穿了薄薄的毛衫，并不觉得冷。

很多的往事，都在这夜的海面前一一浮现。而这夜的海仿佛就是为回忆而存在的。

想起十六年来，四次来此看海，每一次都久久不愿离去。记得第一次看海时，竟然一待就是五天，为此还耽搁了行程。从此，一发而不可收。海便成了我的牵挂，我的梦。

原来在我心里，海，是我最知己的朋友和最善解的情人。

海水一浪一浪地扑过来，又在我脚下打个滚儿，轻巧地转过身去。每一次的翻滚，姿态都各不同。而我总是用同一种眼神看它，神往又略显迷惘。

海风在这个时候变得从容不迫。让我的思绪贴近它，跟随着它，在夜的上空，忽远忽近，上下飞舞。

百变的海，不变的我的爱。

我的渴望，我的海。

大美涿州：锦灰堆

漫步在涿州博物馆，仿佛在涿州的历史长河里穿梭，众多精美的文物，铜镜、陶器、经幢、碑刻……像是时空里的璀璨的星子，光华耀眼。偶尔一个转身，看到“锦灰堆”这三个字时，我的眼神和脚步便再也无法挪开。

那是怎样的一种气息，如落花飘荡于春泥，又似纤指剥开尘烟，是珠玉跌落田野，又若残阳漏于树荫花间，它们仿佛是抽象的，但又是具体的——时光浸染过的书页；字与画的残片；破旧的折扇上，画着桃园三结义的场景；戏曲人物脸谱的面具；青铜器三足爵的拓片；泛黄的柳公权玄秘塔字帖；御赐天下第一“福”；点蓝的绿荫双蝉图；精美的瓦当；“大清光绪三十四年”的黄色封条……这一切凝聚在一起，仿佛是一架时光穿梭机，把涿州的深美层层叠加，呼啸着扑面而来。

青林留在祠宇

提起元好问，自然想起他那首广为流传的《摸鱼儿·雁丘词》：“问世间，情为何物，直教生死相许？天南地北双飞客，老翅几回寒暑。欢乐趣，离别苦，就中更有痴儿女。”与之齐名的另一首《摸鱼儿·楼桑村汉昭烈庙》，其中所写的汉昭烈庙，则是指位于河北省涿州市楼桑村的三义宫。

三义宫是为纪念刘备、关羽、张飞桃园结义而建的，它始建于隋代，唐、辽、元、明、清几代均有修葺，距今已有一千四百多年的历史。明正德三年（1508年）武宗皇帝朱厚照亲赐玺书“敕建三义宫”。

“问楼桑、故居无处，青林留在祠宇。荒坛社散乌声喧，寂寞汉家箫鼓。春已暮。君不见、锦城花重惊风雨。刘郎良苦。尽玉垒青云，锦江秀色，办作一丘土！”这首词，与元好问当时的心境有关，作此词时，大金灭国，诗人内心满是荒凉意。

“西山好，满意龙盘虎踞。登临感怆千古。当时诸葛成何事，伯仲果谁伊吕？还自语。缘底事、十年来往燕南路？征鞍且驻。就老瓦盆边，田仇共饮，携手醉乡去。”朝代兴衰与更迭，鹿死谁手，都不以个人的喜好为转移，无奈的诗人，只好一醉解千愁。

我们到达三义宫的时候，并没有看到这块碑刻，元好问的这首楼桑词，碑石原镶嵌于三义宫马殿西次间窗下的墙壁中，现在已成为省级文物，被涿州市文物部门收藏保护起来。此刻的三义宫，桃花虽已落，楼桑春社尚未开社，但千株青竹，郁郁葱葱，绿意满目，生机勃勃，叶生锋利，叶枯不落，风过摇曳，曲而不折，自有一番清寂。

三义宫内，我与风飞扬一同游览。她着一袭雨过天青色的改良宽松旗袍，旗袍与白色阔脚长裤均是薄薄的棉麻，在春风中一路走来，步步生莲。她是秋水明月般的女子，她的文字与人一样，书香氤氲，飘逸出尘。我与她相识十年，相见甚少，却是相亲相爱的朋友。对于彼此的情谊，她是这样说的：“我和她，可以隔着山隔着水取暖。我和她，见，如故；不见，亦无三秋。”这样的遇见，没有时时刻刻的黏腻，却有着知己般的了然。于我，于她，都恰到好处。

我们一起去看另外两块著名的碑石。三义宫的“风雨竹碑”为图文碑，由竹叶组成一首五言绝句：“不谢东君意，丹青独立名。莫嫌孤叶淡，终久不凋零。”据说此画为关羽身陷曹营时绘制，以诗明志。“风雨竹碑”的原碑同元好问楼桑词碑一样，被保护收藏在涿州博物馆，我们在大殿外只看到复制的碑石。新制的物件，看上去总是生硬。倒是明正德年间重修三义宫时所立的“九龙碑”是原物。五百多年的风雨，让冷冷的石头褪去清冷，生出些绵绵的古意；穿云的五爪龙，依然精美威严；碑石上的文字，穿过时空，到达此时此刻，亦多了些风尘仆仆的味道。“义”字的诠释，不因时间的流逝而淡去，义薄云天，依旧是这个时代里弥足珍贵的高尚品德，得以不断传承和丰富。

结义石被草庐所庇，很多人在此结伴合影留念，期望结义石能给自己带来真正的兄弟和好运。远远地，看着一群人从结义石边散去，另一群人又围上去，我和飞扬彼此会心一笑，携了手缓缓离开。

已觉悦心好

四月，涿州清行宫，槐花如雪，落了满地。一进垂花门，槐花的香便兜头兜脸地扑了过来，甜丝丝的。槐荫蔽日，正午的热气刹那间就融化成习习微风，令人舒爽。

迎面而来的巨大的假山石挡住了视野，这是中国园林建筑中常用的“挡”，起到聚气、曲径通幽的作用。山石周边与空隙处皆生有高大的槐树。假山石下有两个小洞可穿行而过，细细的鹅卵石铺成小路，穿过右侧洞口，有一棵巨大的紫藤，盘转扭结，与假山石上的大槐树相依相生。我仔细看了一下古树的身份证标牌，二者的树龄皆为 254 年。

乾隆有一首专门写涿州行宫的诗："千山远作屏，一水清而抱。阶墀足松石，节棁无山藻。省方活静憩，汲古资幽讨。不独客膝安，已觉悦心好。涿鹿正南面，塔影秋云表。"从诗句中可看出，当年的行宫并不奢华，而是以幽静怡人为上。远山如屏，涿水环抱，近前环境幽雅，亦可览胜景"双塔晴烟"，自然"已觉悦心好"。

现存的涿州行宫，没有我想象中的宏大。假山石后只有一个小小的四合院，坐南朝北为行宫正殿，东西配殿面积亦不大。据资料显示，行宫始建于明嘉靖年间，为原药王庙东的保庆寺。乾隆十六年（1751 年）为迎乾隆南巡，改保庆寺为行宫。当时的行宫布局，中路为行宫主体建筑，沿中轴线由南向北依次为宫门、二门、假山、正殿、亭、游廊、丘山、花园等。左路为太后宫，右路为皇后宫，两路又各有殿、阁、轩、楼等建筑。

非常可惜的是，行宫大部分建筑在 1978 年时遭拆毁，虽然省、地区文保部门多方阻止，仍没能制止当时拆毁的行为。如今，宫门不存，直接由二门（即垂花门）而入，仅存正殿主体、假山为原物，连正殿的门窗都被拆毁，我们看到的门窗也只是仿制品。由于北京市良乡黄新庄行宫已毁，涿州清行宫就成为京南第一处存有主体建筑的皇帝行宫。

痛心之余，不禁想到梁思成曾在北京旧城拆除时痛哭不已，他撰文称："拆了北京的城墙，拆了北京的城楼，就像挖我的肉，削我的皮。"这些历经千百年精美的建筑，被人为损毁，的确是整个中华民族建筑文化之痛。

比起乾隆的其他行宫，涿州行宫的确简素。正殿为常见的硬山式建筑，而不是常用的歇山式或庑殿顶，这也印证了乾隆的诗句"节棁无山藻"。只有正脊上精美的游龙瓦饰和"正大光明"的瓦雕，以及垂脊上的祥云瓦饰，显示了这是皇家御用。正殿内的大梁多有彩绘，应为原物，因殿高色暗，看不清上面彩绘的内容，隐隐看着有三国故事等图景，用手机相机拉近，亦无法清晰分辨。正殿的匾额为“绣野迎薰”，对联为“春色芳菲入图画，化机活泼悟鱼鸢”，据载都是乾隆御笔，用的也是极为考究的谢公笺。西暖阁为书房，有匾额“天道钦崇”，对联为“皓月空悬心镜明，妙云拥抱智珠商”。

行宫的西北角建有碑廊，里面放着很多碑石和经幢的残部。最早有元代的，清代居多。流连在这些残破的碑石中，仿佛触摸到岁月的碎片，令人生出无限的惆怅。

微光中的深美

涿州被称为“天下第一州”，来源于乾隆皇帝的御笔亲题“日边冲要无双地，天下繁难第一州”。因紧临京城，所以历史上的涿州，经济、文化都很发达。马可·波罗在《马可·波罗游记》中写道：“沿途皆见有美丽的旅舍、美丽的葡萄园、美丽的田亩和美丽的水泉，行毕，然后抵一大而美丽之城，名曰涿州。”马可·波罗一连用了四个“美丽”来描写涿州，最后将其归论为“大而美丽之城”。

在涿州博物馆，印象深刻的是众多精美的青铜器具、铜制钱币、陶器、碑石和经幢。从汉到唐，各朝代的铜镜花纹繁复、线条流畅，“长宜生子”连弧纹镜、“日有喜”云气规矩镜、“瑞兽葡萄纹镜”、“缠枝宝相花镜”等，近百十件铜镜摆放在展柜中，让人眼花缭乱。汉代的陶器，有小巧可爱的绿釉陶灶和灰陶猪圈，造型优美的陶苍鹭，还有堪称镇馆之宝的彩绘陶神灯和陶镜台，无不反映了当时的经济文化水平和人们的生活状态。有陶必有瓷，馆中所藏瓷器不多，多为元代器物，有影青釉的高足杯和钧瓷碗等。钧瓷是五大名瓷中最妖魅的瓷器，所谓“入窑一色，出窑万彩”。元代的钧瓷相比宋代钧瓷来说，釉厚欠匀、色暗而多棕眼。元代钧釉多数为窑变彩斑釉，少数为窑变单色釉，但是青蓝色釉面没有宋钧那样的滋润。馆中所藏的元钧，品相已算不错的。

在“石艺通灵”展厅，碑石、经幢林立，其中高大的岐沟天王院经幢最为引人注目。岐沟天王院经幢，亦称“金像幢子”，建于辽代咸雍年间（1070 年），幢身为八棱状，通高 5.7 米，由上而下分别雕刻着瑞兽和佛教故事，幢身雕有五十五尊佛像及幢铭。二十世纪五十年代，经幢构件失散，1990 年又幸运地找到失散的构件，如此今天我们才能够看到它的全貌。昏暗的灯光下，一块石刻引起了我的注意，标牌上面标注着“西汉 · 龙凤纹画像石”。细细观摩，只见龙飞凤舞，穿行于云中，画面铺满石块，线条细腻流畅，形态优雅。比起那些严肃的碑文和经幢，这样的美，更让人记忆深刻。

涿州名人辈出，从三国时期的刘备、张飞到宋太祖赵匡胤，从《水经注》的作者郦道元到诗人卢照邻、贾岛，无不是历史长河中烁烁闪亮的名字。

“颠倒横斜任意铺，半页仍存半页无。莫道几幅残缺处，描来不易得相符。”这是描写涿州非物质文化遗产“锦灰堆”的诗句。匆匆一日，这些诗句，仿佛契合了我对涿州的印象。虽只是片纸微言，但管中窥珠，那些光芒穿越时空，让那些宏大的美照亮了每个人的心，久久不能消散。

春光忽开三月三

壬辰年的春天，脚步缓慢，徘徊在江南，迟迟不肯北上。直到春分时节，北方依旧雨雪飘飞。乍雨还晴，三月三，应井陉县书协副主席、陉山书画社社长贾默先生之邀，与一众文友前往他的家乡井陉县曹泉村龙泉寺踏青。

至段家楼后，一个转弯，车行入山间，阳光干净透明，“春光忽开三月三”，满眼的寂静与空旷。春光仿佛一下子照进心扉，暖得妥帖舒服。

车至曹泉村，街上行人攘攘，男女老少衣衫簇新、笑容嫣然，恍若乡间庙会。一问之下，方知当日恰逢村委会换届改选。毕竟时事进步，百姓亦开始重视民主权利，可谓幸事。曹泉，因高山有泉而乡民聚居于此，东汉时建村名为高泉。传说，曹操曾带兵打仗至此，人困马乏，恰遇山泉甘甜，于是扎营休憩。而后曹氏父子当政，或许是为了追求名人效应，便更名为漕泉。至二十世纪六十年代，才称曹泉。

过曹泉村后，路上几乎不见行人，农舍散落山间，老屋青石砌基，灰瓦覆檐，沧桑中透出安详。车队过处，黄狗吠吠，平添几分烟火味。

崎岖处，弃车而行。山路逶迤蜿蜒，梯田层层，让镜头里的线条丰富起来。一行人中，有井陉县诗词协会副主席王润生先生，井陉网执行官陌上罗敷女士，著名诗人、县民生保险公司总经理贾保成先生，张河湾水库管理处主任以及其他文朋诗友。一路上，大家谈笑风生。不知不觉中，三里山路便抛在身后。

龙泉寺位于距曹泉村十五里路的石峪沟，依山而建。据井陉县志记载，龙泉寺建于公元1325年（元代），每年的六月十二日，井陉县的县令由城关县衙至龙泉寺前来进香，祈求神灵保佑一年风调雨顺、五谷丰登。龙泉寺虽然是村建小寺，但直到二十世纪仍有专人管理，寺庙有上百亩的山地和林子，能自给自足。正因为如此，龙泉寺虽历经六百多年，但历朝历代，乱时衰败，兴时修葺，一直香火悠远。

阳光下的龙泉寺朴实、宁静，居于山中，颇有世外桃源的气韵。龙泉寺多次大修，每次大修均有碑文记载。至二十世纪七十年代，龙泉寺仍存有三进院落，建筑保存完好。前有山门、钟鼓楼，第一进院落为龙王堂殿，第二进院落为凌霄殿，第三进院落为阎罗殿。龙王殿前有井，凌霄殿后有泉，四季水长流。经过一场浩劫，龙泉寺一应塑像被砸，从此以后庙宇再无专人看守维护。龙泉寺的山门还在，山门用青石起拱砌就，而钟鼓楼已荡然无存。至今，龙泉寺只剩龙王堂和凌霄殿相对保存完整。

凌霄殿建筑现存主殿及东西厢房。主殿为悬山式砖木结构建筑，坐北朝南三开间，正脊及垂脊用琉璃瓦覆盖，雕有花开富贵、枝叶缠绕的牡丹，正脊有吻兽与咬兽背向相连，垂脊有垂兽，前博风板上绘有山水图，两侧各塑一对撒尿小儿于龙头左右，取其水泽之意，甚是有趣。

西厢房背靠山体，为太行山脉常见的土石结构。这间应该是寺庙管理人员常住的房子，屋内有烟火的痕迹。建筑格局与平常的太行人家几乎完全一致，进门左为暖阁，右有灶台连着土坑，冬天可以做饭，并做取暖用。

空荡荡的西厢房中，一个古朴的铁质灯盏静卧于窗台。山中日月长，不知谁在灯下细听泉水潺潺。风过林梢，飘摇的灯光又照见了怎样的人生岁月。当灯下的人都渐渐远去，它依旧在此守候。

东厢房南侧也有灶台。以前每年庙会时，远近几十里的来进香的乡亲众多，龙泉寺就在此起灶，用大柴锅炖菜，以供香客吃饭，可见当时是非常热闹的。

东厢房的门前，一棵树长满花苞，却未见一叶，引起了大家的注意。彼此讨论了半天，谁也不识得是什么树。恰有一位老大爷在山上拾柴，众人询问，老人家说，这棵树叫紫荆树，已有百年的历史。众人听得，很是惊奇。原来，此紫荆花与我们熟知的香港紫荆花不是同一种。此花为豆科紫荆花，先花后叶，每年四五月间开花，花色艳丽，花朵小而密集，呈粉紫色，多为灌木，故名为紫荆。龙泉寺此树株形不大，但长成此种，已为不易。杜甫曾有诗句“风吹紫荆树，色与暮庭春”，说的便是此树。

院内最醒目的还是年代不一的几座石碑。最久远的一块，应是元代的。此碑文在县志及文史资料中均有收录，大概是建庙时所立。仔细观看碑上的文字，古朴秀美。六百多年的时间里，它经风沐雨，刻在石头上的文字已渐渐风化，字迹浅淡，几近消失。一行人中多有书法爱好者，细观之下，仍不能完全认出残碑上的文字。

原来，时间才是最无情的刀。在时间面前，一切最终皆为尘埃。

从碑石上移开视线，远山与蓝天恰如一幅大写意的山水画，晴朗开阔。文化、历史的传承，不仅仅是物质形式的，更多是精神层面的，它深深扎根于民间土壤。龙泉寺正在修缮中，原有的建筑正在慢慢恢复中，如同季节更替，不可遏制。

绿意仙台

其实，那天我们并没有登上仙台山。

时值初夏，因是周末，几个朋友相约去仙台山一游。仙台山位于石家庄市井陉县西北部，距离石家庄市大约两个小时的路程。在井陉县小作镇吃过午饭，我们一直向山里行进。

天过晌午，阳光已有了几分火辣辣的味道，汽车沿公路缓缓地向西北开去。公路的一边贴着山，另一边崖下是河滩，隔河是起起伏伏的山，一层层绿油油的麦田覆着山峦，翻飞的粉蝶们相互追逐着，在空中翩翩飞舞，微风带着青草的气息涌进车窗，令人放松惬意。

一路上，车很少，所以公路上常有羊群或牛群慢慢悠悠地通过。羊群或牛群遇到车时并不惊慌，车一按喇叭，它们会自动往公路两边靠，让出一条路来，等车过后，它们又会自动合拢。村庄边上，有三三两两的老人坐在路边的树荫下聊天，路边的人家不像城里，一家一户高墙铁门，他们只是在院子的四周插些竹篱笆，再在篱笆边上种些豆角、丝瓜什么的，那绿色抬眼即见。紫红色的喇叭花热热闹闹地爬得满墙都是，仿佛不甘寂寞地一唱一和。院子里摆放着一张石几、几把木凳儿，试想，树荫下把扇乘凉、品茶聊天，有没有陶潜那种“采菊东篱下，悠然见南山”的意境呢？

向北一个转弯后，山势渐渐变得陡峭，山路在群山的夹缝中蜿蜒，一个急转弯接一个急转弯，层峦叠嶂的群山如刀削斧切般让人惊心动魄，而那绿色恰似一双温柔的手，轻轻从心底抚过，松弛着紧张的心情。从车窗随便向外望去，着眼处就满是绿色的世界——山的背阴处，那绿色透着盈盈的水意，像是一层薄薄的绿纱覆在山的面颊；而对面的正阳处，那绿色却是深深的青黛，写着一脸的阳光。小溪依着山势一路奔跑而来，“两岸青山关不住”，水是山的眼睛，有了水，山便有了生气，有了动人的韵味。随着车往山里行进，我们终于找到小溪的源头：泉水从半山腰的岩石中涌出，又沿着光滑的石面滑到山脚下，汇成小溪，一路跳跃着下山。溪水清浅，女儿叫嚷着停车。等停了车，她急急忙忙甩掉鞋，赤足跳进小溪，小溪漫过她的脚踝，溅起的水花洒了一身。女儿惊呼着、雀跃着，她兴奋的神情感染了大家，一时兴起，大家纷纷挽起裤腿，在溪水中嬉戏。

因迷恋于这满山的绿色和清清的溪水，一路上走走停停，到达仙台山时，太阳已快落山了。我们在山门外逗留了一会儿，决定就此返回。虽然没有领略到仙台山秀丽的风光，但每个人的心里都很满足，因为来仙台的一路绿意，已醉倒了每个人的心。

殷殷热血固金瓯

井陉县洪河漕村是个很小的山村。如果不是看到矗立在公路上“爱国主义教育基地”的醒目标志，我们在飞驰的车上，几乎错过了进村的路口。

从山脚进村，一路蜿蜒向上。村舍依山势而建，错落有致地分布在河道两岸。坡道两旁，房前屋后遍植树木，入眼可见香椿树、楸树和核桃树。道路紧临河道崖边，野生的枣枝从崖下探出头来，枣子密密地挂在枝上，伸手可摘。村中既有青石灰砖的老屋，也有门户精致装修现代的新舍。因为地势的缘故，房屋的开间和院落大都小巧古拙。河岸对面，依势而建的两层五开间的房子很是醒目，楼前一棵高大的合欢花树摇曳生姿，一派安详温暖的景象。

因为二十世纪那场著名的战役“百团大战”和在那场战役诞生的“将军救孤”的佳话，作为总指挥部所在地的洪河漕村，吸引了我们的脚步。

一路缓缓行走，我们来到了位于村子高处的“百团大战前线指挥部旧址”。在旧址前，我们见到了管理百团大战纪念馆、八十二岁高龄的退休干部李化璟先生。

总指挥部是一个小小的农家院，石头砌就的房舍和院落干净整洁。北上房三开间，屋前一棵石榴树枝高叶繁，结满了红石榴，树下有一张刻有楚河汉界棋盘的石桌。西屋旁高大的梨树，拳头大的梨子把枝条压弯了腰。李化璟老人自豪地说，百团大战是聂荣臻元帅下的一盘高质量的棋，这盘棋聂帅就是在这里下的。

北屋西间的墙上，挂了一大幅“百团大战”示意图。条桌上有聂帅用过的马灯和油灯。木质的窗棂上，糊的还是白色的茅头纸。土坑、火灶、小木桌、通向山后的地道，一切都保留着原样，我们仿佛伸手可触那些子弹呼啸、炮火遍地的战争岁月。

百团大战是抗日战争期间，我军主动发起的一次规模较大的战役，这次战役使日军在华北的主要铁路、公路受到广泛破坏，井陉煤矿被彻底破坏，日军哀称此役为“挖心战”。这次战役沉重打击了日军的“囚笼政策”计划，鼓舞了抗日军民的士气。这些讲解令人热血沸腾。我记起聂帅在八十五岁高龄时写下的诗句：“潇潇夜雨洗兵马，殷殷热血固金瓯。”他“敢举烽烟解国忧”的豪情，令后人景仰和怀念。

在北屋东间的门上，刻着一副对联：“一代名将救孤女，千秋佳话留人间。”攻打井陉煤矿的战斗中，战士们救出了两个日本小女孩美穗子姐妹，在聂帅的指示下，她们被送到总指挥部洪河漕村。聂帅对两个孩子关怀备至，亲自为婴儿寻奶妈，为小女孩喂稀饭，悉心照料。两日后，他亲笔写了一封信给日本官兵，几经辗转，将她们送还日军。

在旧址院外的开阔地上，立有一块刻着“聂荣臻将军送孤处”的石碑，那张聂帅送别日本小姑娘的珍贵照片就是在这里拍的。岁月苍茫，几十年过去，石碑已有了风化的痕迹，但历史的印记依旧鲜明。

半坡处新建的“百团大战美穗子获救井陉・都城友好纪念馆”，是中日双方共同出资兴建的。1980 年至今，幸存的美穗子共来华六次。2002

年来到洪河漕村进行“谢恩”时，她一力促成了新馆的建成。院内竖有聂荣臻元帅拉着幼小的美穗子的汉白玉雕像和“聂帅救孤纪念碑”。馆内资料翔实，图片和实物详细记录了日军侵华期间在井陉地区烧杀抢掠令人发指的暴虐行径以及百团大战的来龙去脉，我们一行人为之深深震撼。

在二楼的展厅里，摆放着当年聂帅用过的办公桌椅和护送美穗子姐妹的挑筐。杀戮和施救，这样鲜明的对比，恰好印证了孟子之言：仁者无敌。

走出纪念馆，我们把战争的硝烟关在身后。站在此处向四周望去，天空湛蓝，青山苍翠，心情顿觉明亮。我们深切地体会到，这样阳光明媚、平和安详的生活，是千万先烈抛头颅洒热血换来的，来之不易，弥足珍贵。

小车站有大故事

沿石太铁路向西，至井陉车站后，有一条支线悄然向西北方向的井陉矿区延伸，约莫十公里远，然后在一个名为新井的小车站戛然而止。

我们到达新井车站时，正是秋光初现的八月。雨后的天空，露出少见的湛蓝。几间黄墙红裙的房子，在绿树的映衬下，静静地出现在我们的视野里。远远望去，“新井车站”四个黄铜大字矗立在房顶上，看上去颇有些耀眼。交叉蜿蜒的铁轨，散发出金属特有的质感。铁轨下的枕木栉风沐雨，木质的年轮如岁月的经脉，清晰可辨。

一行人在铁轨之间踏着枕木，缓缓行走。不远处，一列老旧的蒸汽机车吸引了大家的目光。机车上落满了灰尘泥渍，安静地停放在那里，它的出现，像是数字电影院里的一部黑白默片，一下子把人带进那硝烟弥漫的岁月。

1940 年 8 月，当抗日战争进入第四个年头，晋察冀军区在聂荣臻元帅的指挥下，组成左、中、右三个纵队，分别向正太铁路东段的日军展开攻击。正太铁路横越太行山，是连接平汉、同蒲两铁路的纽带，也是日军在华北的重要战略运输线之一。破坏了正太铁路，就意味着切断了山西境内日军的给养补充以及日军外运掠夺战略物资的通道。

按照战略部署，由杨成武率领的中央纵队一部负责攻打井陉煤矿。车站是日军在煤矿的据点，有重兵把守。军区司令部侦察科聂鹤亭、罗文坊等人全部化装成当地老百姓，在矿区地下党同志的接应下进入矿区侦察，摸清了守矿的日军、伪军和矿警的兵力分布与活动规律。

战斗于8月20日晚在新井车站打响。

车站副站长加藤清利一家四口被猛烈的炮声惊醒，加藤抱着七个月大的小女儿匆匆赶往车站，他的妻子和四岁的大女儿躲在一个碉堡里，战战兢兢地听着外面的枪炮声。

由于战前做了详细准备，战士们在煤矿的游击队员和矿工的配合下，很快拿下车站。日军见车站已被八路军占领，便不顾尚未撤离的日侨的安全，在岗头据点疯狂地向车站开炮，车站顿成一片火海。加藤被炸成重伤，被八路军战士救出来后不治身亡，婴儿也受了伤。连长韩金铭和战士杨仲山听到孩子的哭声，冒着炮火冲入碉堡里，发现孩子的妈妈已被炸死，他们立刻将孩子救了出来，并送往前线的救护所。聂荣臻司令得知此事后，立即指示，将两个孩子送到晋察冀军区总指挥部的驻扎地井陉洪河漕村。

孩子送到总指挥部后，聂荣臻对这两个日本孤女关爱有加，亲自为婴儿寻奶妈，为小女孩喂稀饭，悉心照料。两日后，他亲笔写了一封信给日本官兵，几经辗转，将她们送还驻扎在石家庄的日军，请日方将两个孩子交给她们的亲属抚养。

将军救孤一事，在日军内部引起极大震动。那个弱小的婴儿，在送还后不久，因病在日军的医院里夭折。而那个四岁大的小女孩，幸运地活了下来，并返回日本。她就是后来在中日邦交史上著名的美穗子女士。

1980年至今，美穗子共来华六次。2002年8月，美穗子再次回到再生之地，沿着当年的被救路线，从井陉矿区到井陉县，再到平山县，对一路上护送照顾她的恩人一一“谢恩”。当她来到获救地新井车站时，旧日的景象宛在眼前。那一刻，她百感交集，热泪盈眶。

美穗子是幸运的。历史让她遇到了仁义之师，她才能在炮火连天中幸存下来。新井车站是幸运的，这个小小的车站，在枪声骤起时，作为首战首捷之地，它的名字便随同那场著名的战役“百团大战”和“将军救孤”的美丽故事一起写进历史，永远被后人铭记。

秋意仙台

因写过一篇《绿意仙台》，当时未能登上仙台山，留了一点遗憾，所以朋友再次相约，去仙台山看红叶。

车沿着崎岖的山路向山里行进，颠簸了大约有半个小时，一个急转弯后，车上有人惊呼了一声："看！红叶！"所有人的目光一起望去，只见远远的、高高的仙台山上，一簇簇红叶在蔚蓝的天空下格外醒目。

沿羊肠小径向山上攀登。

山路很陡，从"护国院"向上爬了不久，大家已是气喘吁吁、大汗淋漓。只见坡上两株柏树一左一右，如迎宾的侍者恭候游人。"迎宾柏"下有一个较为平坦的山坡，坡的两边长满了一树一树的红叶，残留的绿意夹杂其中，灿烂极了。秋天的气氛浓浓地弥漫在整个仙台山。大家纷纷在此拍照，我趁机休息了一会儿。

抬头望一望天，蓝得让人沉醉。偶尔的白云，悠闲地挂在山尖儿，和山上的绿树红叶遥相呼应。真是美得让人不舍眨眼。

仰面向上望去，"迎宾柏"身后是突兀而起的"揽秀峰"。由于山路回环曲折，反而看不见登峰的路。

过了“迎宾柏”有一段下坡路，大家嘻嘻哈哈地走过去。一拐弯，山势陡变，山路只剩下细细的一条挂在峰顶。山路一边是深谷，另一边紧贴崖壁，窄窄的台阶仅能只身通过，因路形似一柄巨大的长戟，所以名曰“战戟道”。大家不再嬉笑，小心翼翼地沿着“长戟”往上爬，正如东汉应劭引马第伯《封禅仪记》中所形容：“两从者扶掖，前人相牵，后人见前人履底，前人见后人顶，如画重累人矣。”因平时有惧高症，我只觉得心慌腿软抬不起脚，出了一身冷汗。幸亏前有同伴拽着，后有同伴推着，战战兢兢地终于登上了峰顶。

“揽秀峰”是仙台山的最高峰，站在峰顶俯瞰四周，只见红叶与绿树覆满了大大小小的山坡，像是一幅大写意的国画。美景在目，顿觉风清气爽，一扫方才的狼狈相，心情十分畅快。

仙台山的红叶不是枫树，它的学名叫“黄栌”，叶子大多是圆形或椭圆的。一到秋天，叶子便由绿而橙，经霜，由橙红而深红，直至叶落。

仙台山的景点有百十来处，其中比较有名的有“南松北柏”和“刘秀洞”。仙台山内有大片原始次生林，分布极有规律，南山的森林生长的全是松树，而北山生长的全是柏树。这一奇观并非人为，而是天然的，让人不禁赞叹大自然的神奇造化。

在山顶逗留了一会儿，我们下山前往“刘秀洞”。相传当年刘秀被王莽追至山下，刘秀慌不择路，沿一条小径向山里逃去。路到尽头，只见三面峭壁环绕，已无路可逃。紧急之中，刘秀发现峭壁之上有一山洞，就爬进洞内躲藏。王莽追至洞下，正要命人进洞搜寻，却见一张巨大的蜘蛛网封住了洞口。王莽心想：“若有人进洞，蜘蛛网定会破落，不会如此完好。”所以断定刘秀没有藏在洞内。刘秀安然脱险。

传说总归是传说，到达“刘秀洞”后，我们并没有看到刘秀留下的痕迹，却有大自然鬼斧神工的杰作——美丽的石钟乳。洞内还有明代所遗留下来的摩崖石刻，古朴苍劲。石钟乳酷似一朵盛开的莲花，巨大的花瓣层层叠叠共有十几层，这是我国迄今为止发现的最大的“莲花”石钟乳。

因是深秋，我们没有进入仙台山的原始次生林。据老乡说，去森林的最佳时间是夏季。我们想，还是留下最美的想象，等下次再来吧。

夕阳西下，我们告别美丽的仙台山，虽然只是浮光掠影的一瞬间，但仙台山的美又一次深深地震撼了我。

天户城头金凤翔

沿省道平涉路一路向北，到达石家庄市井陉矿区。穿过繁华的矿市镇，在空旷的田野上，青羽白腹或黑羽白腹的喜鹊拖着长尾，成群结队地追逐嬉戏，叫声喳喳，不绝于耳。蓝天下，麦田青青，春风荡漾，一片生机勃勃的景象。在省级湿地清凉湾公园不远处，我们来到千年古城天户村。

天户村，看上去是井陉盆地中普通得不能再普通的一个村子了，但深山出明珠，它在井陉历史上有着光辉灿烂、浓墨重彩的一笔。天户，原名天护，从秦统一六国后实行郡县制，天护村一直是井陉的县治所在，历时一千多年。直到宋熙宁八年（公元 1075 年），由于古驿道启用南线作为主道，县治才由天护迁至天长镇。

天户村的街道很宽，两边的村舍排列整齐，由东向西的街道上，还有一些老房子的大门是竖排门板样式，依稀显示着昔日的繁荣。明清时期的老建筑散落在新村舍中，屋顶衰草随风而舞，落寞又倨傲。

遇到村民，他们热情地向我们介绍村里的一些古城遗址，言语中透露出自豪。作为一个有三千年历史的古城，其建筑有独到的特点，街道呈龙形，排水系统完整，虽经历战火，但街道的布局依旧完整地保存下来。

在这个小小的村落里，现存有国家级文物两处和省级重点文物一处。走进村内的东禅寺，我们见到了石家庄市现存最古老的佛教经幢——唐代佛顶尊胜陀罗尼经幢。这座经幢上的文字，完整地记载了佛顶尊胜陀罗尼经传入中国的历史事件。它是我国现存的唐代最重要经幢之一，具有很高的文物价值和历史价值，现为国家级重点保护文物。这座经幢曾被盗贼破坏盗走，后几经波折，被公安机关找回，现已修复。我们在感慨的同时，又庆幸它的失而复得。仔细阅读这些千年的文字，仿佛触摸到大唐的气息，宽广博大，梵音悠远。

在村里，不时可以见到一些用残旧的瓷器堆集起来的院墙，透出沧桑和古拙。在天户村东，我们见到了另一处国家级文物——井陉古瓷窑遗址。井陉窑与邢窑、定窑、磁州窑并列为“河北四大古窑”。井陉窑遗址是历经隋、唐、宋、金、元、明、清等朝代的一处大型瓷窑址集群，经过考古调查，发现并确定了十处窑区遗址，其中天户和冯家沟区是井陉窑的中心地带，是面积最大的遗址之一。据《大明会典·工部十四》记载：“天顺三年题准，琉璃窑瓷缸，十年一次烧造。旧例，缸土、釉土派行真定府。”乾隆时的《正定府志·物产》也有记载：“……正定府产瓷器，缸坛之属也，明时充贡出井陉。”原来此地出产的瓷器，还是当年皇家的御用。想来，这脚下的每一寸土地，掩埋的不仅有岁月，还有与岁月共存的辉煌往事。

如果说千年前的辉煌太过遥远，那么一个世纪以来，天户这个小村落依旧引人注目。紧临古窑址，不远处便是省级文保单位“中央人民广播电台旧址”。来到这座小楼前，抬头望去，这是一栋二层楼房，青砖为墙，灰瓦覆顶。看上去，它是那么普通和不起眼。然而六十五年前，“新中国成立”的响亮声音，就是从这个小村落传向全世界的。

1948年春，在人民解放军开始战略进攻的前夜，为配合当时的军事形势，在西柏坡驻扎的中共中央决定拨付百两黄金作为专项资金，筹建一座功率大、发射面广、具备短波发射能力的广播电台。当时井陉矿区已经解放，天户村凭借地势平坦开阔、距离正丰煤矿电厂近、有大量的技术工人以及充裕的电力和物资，被选定为延安新华广播电台（即后来的中央人民广播电台）的新台址。

接到任务后，井陉煤矿的工人和天户的老百姓积极想办法，筹备物资，出人出力，在最短的时间里完成了电台的建设。电台所在的二层大楼，建筑面积四百平方米，楼南建有七十平方米的地下室。楼房的西北处和东南处，各矗立着两座发射铁塔，这两座高六十多米的大铁塔天线，电台的发射功率达三千瓦。这是当时我党自力更生兴建的最先进、最大的广播电台，不仅可以对全国进行广播信号传播，也可以定时定向对台湾及欧美地区传播信号。

楼东南有石窑洞十间，西北有砖木结构平房十七间，作为工作人员和家属住房，建筑面积为二百多平方米。这座二层楼房的地下室，由青石砌成。地下室的主洞长达一百多米，内设有近百平方米的会议室、舞台和休息室。建筑北边的古寺东禅院，就是电台当时的生活区和行政区。电台的办公室就设在东禅院的主殿。

延安新华广播电台在天户播出期间，正是中国革命发展过程中最重要的时期，同时也是在战争年代我党的广播通讯事业最辉煌的时期。当年，全国土地法大纲颁布的佳音、三大战役的捷报、七届二中全会的喜讯，都是从天户的电台向全国人民播出的。1949年3月24日，电台人员迁往北京，但发射塔依旧工作着，1949年10月1日，毛主席在天安门城楼上庄严宣布“中华人民共和国中央人民政府成立了”，他的声音，正是从这里传播到世界各地。

新中国成立后，电台正式更名为中央人民广播电台。1953 年 6 月，在天户村留守的中央人民广播电台的全部人员及设备迁出后，天户广播电台才停止转播。之后平房、窑洞全部被拆毁，机务、发射塔等设施被拆除，现在电台旧址仅留有电台大楼和地下室。

电台大楼曾作为工厂的办公大楼，几十年间依旧发挥着它的建筑作用。工厂破产后，大楼的一层及地下室都曾被掩埋在地下。2010 年，大楼被列入河北省第四批省级文物保护单位名单。现在地方政府正在积极组织保护施工、恢复原貌。

时值正午，和煦的阳光照在人身上，顿觉温暖。忽而忆起诗人霍德俊先生的诗："古邑寻踪旧貌苍，峥嵘往昔话沧桑。柏坡岭上貔貅驻，天户城头金凤翔。'三役'鏖兵飞喜报，'二中'决策播规章。楼台近水先逢月，赢得横川泥土香。"是的，泥土是有记忆的，人民也是有记忆的。明珠在野，但依然光芒万丈。

第五辑　心香还忆旧时光

最是惦念慈母心

星期天领女儿回家。吃过午饭后，与母亲闲聊。正午的阳光透过窗棂照在身上，暖洋洋的。不经意间一抬头，发现母亲的黑发中又多了许多白发。一时间百感交集，方悟母亲已是花甲之人。

我很少有时间和母亲在一起，到如今算来与母亲相聚之日也不过四五年。我从两岁起由外婆一手带大，上中学开始住校，而且一住就是八年。直到大学毕业分配工作后，才回到父母身边。在这八年中，只有寒暑假和父母在一起。工作后，白天忙忙碌碌，晚上才回家。三年后结婚生子，自己过着自己的日子，等体味到为人母的不易，却再也没有机会与母亲日日相守了。虽然与父母相隔不远，可忙起来，常常一个月也顾不上回家看看，打个电话回去，母亲也总说，你们该忙什么就忙什么吧，不用惦记我们。

母亲姐妹六个，她是长女。在学校里，她一直就是班长。十五岁时，由于家庭生活困难，她上到初中一年级便辍学参加工作。困苦环境的磨炼，使母亲既吃苦耐劳又精明能干。母亲退休前是一家商场的经理，她性格外柔内刚，为人耿直，工作认真负责，事业心强，在商界颇有口碑。一个偌大的商场，让她搞得红红火火、有声有色。许多相识的人，提起母亲都赞叹不已。

作为儿女，我们从母亲身上潜移默化地学到很多东西。就拿孝敬老人来说吧，二十世纪七十年代物资匮乏，买什么东西都要“票”，父母工资加起来不过六七十元。那时，细粮（小麦粉和大米）、油、猪肉、白糖都是限量供应，主食是玉米和高粱。爷爷身体不太好，一直跟着我们生活。每当做了好吃的，妈妈总叮嘱我们要照顾爷爷先吃。爷爷喜欢喝浓茶，一天泡两次茶，每月至少一斤茶才够喝，母亲就几十年如一日，总不忘给爷爷买茶。有一年临近春节，单位有人去北京出差，母亲拿了钱，让人家捎几斤“北京张一元”的茶叶回来。这钱原本是打算给我和妹妹买新衣服的。那时候，每年只有在过年时才能添新衣。我们以为新衣无望，不由得伤心起来。母亲一边安慰我们，一边翻箱倒柜找出了一块红底黑格的棉布。母亲的手工很好，她白天上班，就连着熬了几个晚上，用这块棉布做了两件式样新颖的上衣。剩下的边角余料，还给我们做了两只蝴蝶结扎辫子。这一年的春节，很多人因为这两只蝴蝶结，夸我们的衣服漂亮。这件事情也在我记忆中留下了深刻的印象。

我们兄妹四人都是外婆或爷爷带大的，虽然我们很少受母亲的直接管教，但我们个个都让她老人家提起来就眉开眼笑的。

母亲是五十岁那年退休的。刚开始我很担心：一向忙碌惯了的母亲，能适应得了赋闲的生活吗？可母亲却说，这回要做个名副其实的家庭主妇。每次回家，家里总是整洁明亮，窗台上的花，一年四季都郁郁葱葱、一片生机。母亲烧得一手好菜，能把简单的蔬菜做出许多花样来，常常令我们垂涎三尺、赞叹不已。母亲虽年逾花甲，但她心胸开阔、处事缜密，若我们遇事向她请教，她反应敏捷，看法和观点明确，往往让我们茅塞顿开。虽然自然规律不可抗拒，但我们还是希望母亲永远健康年轻。

下午，我们返家时，母亲又追了出来，手里拿着一条纱巾给我围好，说“风大天凉，小心感冒”。我没有说话，心里却沉甸甸的。走出好远，再回头时，见母亲瘦弱的身影依然伫立在乍暖还寒的春风里，我的泪意霎时浮上了眼眶。我抚摸着这软软的纱巾，像是感受母亲给我一生的温暖。

心中一轮明月

天空渐渐暗淡，夜幕低垂，漫过屋顶，笼罩了道路。

路灯亮了起来。路上都是脚步匆匆的行人，想必都在往家赶。对于中国人来说，一年之中，除了春节，就数中秋节最重要了。

晚饭和父母一起吃饺子。很久没有回家了，我匆匆地赶回家，就是为了陪陪父母。一边吃饭，一边听母亲絮絮地说些家常。简单的饭菜，香香的饺子，很久没有这么温暖的感觉了。

闲聊中，发现母亲的指甲长了，我便催母亲去洗手洗脚。母亲笑着去洗干净了，坐在沙发上，伸出手和脚，孩子似的开心。妈妈最喜欢我为她剪指甲。每次我为她剪过指甲，就会有一段时间，不用担心指甲会刺痛她的指头。

我仔细地为她剪着手指甲。母亲手掌一如从前绵软温热，手背上的老年斑又多了一些。这双手牵我走过多少路程？我的鼻子酸酸的，眼睛热热的。

我把母亲的脚抱在怀里，为她仔细地剪掉陷在肉里的趾甲，把那些容易刺痛脚趾的尖角，都剪净磨平。

母亲说："现在老了，眼花，手脚也不灵便了，自己总是剪不干净。"我说："我记着给你剪就是了。"母亲笑道："哟，你哪有那时间总记着这些小事。"

每一次为母亲剪指甲的时候，我都会有一种感动。因为我熟知母亲走过怎样的生命之路。她的坚韧、她的智慧、她的善良、她的习惯为人着想，都像烙印一样，影响着我的人生之路。

母亲一直是我心中的偶像。她所经历的事情，如果换作我，我自知是永远无法承受和做到的。

母亲是一本好书，教会我如何做人，如何面对生活的起伏跌宕。

明天还要上班。在我出门的时候，母亲将一个纸袋递给我："晚上回家吃。"

桌上，两个苹果，两个梨，一块月饼。月饼是最普通的五仁馅，是我最爱吃的。

抬头时，夜色已浸透了城市。中秋的天空，并没有如期出现一轮明月，但我心中依旧温暖。母亲，就是那轮明月，照耀着我走过人生的黑夜。她是我心中一处避风的港湾，给我永远的温暖。

摇啊摇，摇到外婆桥

外婆是我这一生至亲至爱之人。

我从两岁起，就由外婆一手带大。在山西省平定县的一个小山村，我度过了整个童年时光。

老家的院子，是那种大而深的四合院，住着外公兄弟三家。每当放学，脚一踏进院门，我就大声地喊："外婆，我饿啦……"等飞一般蹿进屋里时，外婆就会笑眯眯地递给我一块焦黄的玉米面饼子或是一块烤得流油的热红薯。这种香甜滋润了我的整个童年，后来生活条件好了，偶尔再吃一回玉米或烤红薯，却再也没有那时的美味。

上小学的时候，学校经常组织演出。记得第一次参加演出，节目是舞蹈《北京的金山上》。学校要求我们准备服装：一件圆领汗衫，两条用来做袖子的纱巾，还有一条黑裙子。到了演出那天，别的都找齐了，唯有这条裙子没借到，我急得直哭，在外婆怀里扭麻糖似的闹个不停。外婆千般万般地哄，我仍不依不饶。无奈，外婆只好吓唬我："你要再哭，我就去跳水井！让你妈来领你回去吧！"她边说边往外走，我立刻止住了哭，一把抓紧了她的衣襟，逗得满屋子的人都笑起来。

这时，老师闻讯赶来，才替外婆解了围。那时候小，我不懂得过日子的艰难和窘困，也不知道外婆当时心里的难过。

后来，这件事情在很长一段时间被外婆当笑料讲给别人听，每每说到我抓住她衣襟的时候，我总羞红了脸，不让她讲。而外婆却疼爱地拍拍我的头，笑着说："还算没白疼她一场。"

外婆不识字。等我上了二年级，能读些简单的课文时，便常常捧了课本，在院子里大声地朗读。这时，外婆便用赞许的口吻说："我红儿不简单哪，会认这么多的字了。"我很给外婆争气，学习成绩在班里一直很好。每逢亲戚朋友到家来，外婆总是一脸的骄傲，让人家看贴了一墙的奖状。

1978 年春天，外婆举家东迁来到河北，我这时也该升初中了。从此，我离开外婆，开始住校。

从中学到大学，这一住就是八年。

参加工作后，我去看望她老人家的次数渐渐少了。等有了女儿后，每次领女儿去看望她老人家，她总是欢喜得很，一边逗女儿玩，一边给我讲我小时候的趣事，讲着讲着就叹息："你的孩子都这么大了，我怎会不老呢？"这时，我就会生出许多惭愧，觉得能回报她老人家的实在太少太少。

生女儿时，因月子里受风发热，住院后又身染顽疾，身体比较虚弱，外婆很心疼地叹息："年纪轻轻的，怎么老是生病呢？我七老八十的，倒活得好好的。不如让我把病得了去，老死带走。"我的眼睛顿时酸酸的，握住她的手。

1992 年秋末，外婆突发脑溢血，医院当即下了病危通知书。母亲因我身体不好，怕我承受不了，没有将这一消息及时通知我。待我得到消息匆匆赶回去时，为时已晚。院门上已贴了白纸，我惊得腿软，待挪进屋里，看到满屋子穿白的人，我号啕大哭。

我终未见到她老人家最后一面，外婆已于当天早晨溘然长逝。

一恍，她老人家逝去已三十多年了，由于种种原因，我很少到她老人家坟上一哭。我和外婆在一起生活了十年，为人处世受了她极大的影响。十二岁那年，我独自离家求学，从此，在这茫茫人海独自闯荡了几十年。如果我能宠辱不惊，刚毅果敢；如果我能尊老怜幼，侠骨柔肠；如果我能珍惜幸福，理解生命的真谛，那么，我都应该感谢我的外婆。

那个疼我爱我的人儿

天气在猝不及防间，就冷得让人伸不手来。看看日历，才是农历九月。深秋的天气，一下子冷得令人觉得像寒冬了。

周日下午，女儿就有些不舒服，本不想让她返校，可女儿说，老师要讲新课，怕耽误了。我心里慌慌的，反复问她："行不行啊？别去了学校发烧啊。"试了试体温，37.2℃，还好。

女儿上初三了，课程紧，又是重点班，学习压力大。女儿的担心是有道理的。给她穿了羊毛衫、羊毛裤，又特意找了一个朋友的顺风车送她去学校。我仍旧不放心，想了一想，还是跟了去。

到了学校，天依旧阴沉沉的，风凉凉的，下车的时候，女儿抱了抱我，小脸贴了贴我的脸："妈妈，没事的，别担心我。"

看着女儿小小的背影，肩上背着硕大的书包走进校门，心里百般滋味，好像那沉甸甸的书包是压在自己肩头一样。

周一中午正在吃饭，女儿打来电话了："妈妈，我昨晚发烧了，39.2℃，我想回家了。"

我的心一下子慌了："那就回来吧，穿厚点，别让风吹得更厉害了。"

一中午心神不定。想着女儿上午还坚持上完课，不知现在是怎样的情形。

下午四点，女儿带着一脸的憔悴回来了，那个硕大的书包依然背在肩上。急忙带她去了医院。看医生，取药，输液。等坐下来，看女儿躺在病床上挂点滴时，我才觉得有些冷。原来出门的时候一着急，忘了加衣服。

女儿发觉了："妈妈，你穿上我的外套吧。我盖着被子呢。"

上个月女儿回家时，我偶然发现，小小的女儿已经比我还高了，她的外套我穿着正好。

病房里没有其他人，只有我守着女儿。她翻着我带来的报纸："妈妈，你坐到我身边来。"

我依言坐到她身边，看着输液管里的药"滴答""滴答"地落下，发呆……

想起她才十一个月大的时候第一次生病，我带她到医院输液，她头上扎得满是青紫的包。回家的时候已是深夜，我一手推着自行车，一手抱着她，孤独地走在深夜的街头，好像就是昨天的事情。

在幼儿园上大班时，她只有五岁，为了锻炼她，我问她，自己去幼儿园行不行？她一脸的稚气，轻松地说："我行！"我悄悄跟在她身后，看她小大人似的过马路，走五百米，然后进幼儿园。这成为她一直自豪的事情。

后来她上了中学，每次上街也好、逛商场也好，买东西总是我和她一起商量，她的眼光还不错。我最害怕人多的地方，头晕脑大。在嘈杂的人群里，女儿总是紧紧跟着我，怕我晕倒。买了大包小包的东西，她总是抢着帮我提着。我要是说累了，她会飞快地找一个地方，让我坐下来休息。

我眼睛近视，到了晚上或是上下楼时，她总是走在我前面去开灯。要是没灯的地方，她会提醒我还有几级台阶，什么时候转弯。

她和我一样，只喜欢吃谷类食品。所以她已经学会了用高压锅熬小米粥、蒸米饭，还学会了做西红柿炒鸡蛋。

每周她从市里回来，走之前怕我一个人不好好吃饭，总替我买好一个星期的菜，并嘱咐我："妈妈，记得好好吃饭。"

上初三的时候，我给她讲了青春期的生理变化。她说："妈妈我知道，你是怕我早恋呢。"

看《射雕英雄传》时，对李亚鹏扮演的"靖哥哥"大倒胃口，问女儿："你说他的声音像谁？"我俩不约而同地说："蜡笔小新！"

我俩相视，哈哈大笑。如此这般，女儿常常说我俩是"心有灵犀一点通"。

女儿在市里上学，几乎每个星期她都会回家来，偶尔有一个星期不回来，我便像丢了魂似的，没着没落。

周末回家，我们一起上网，一起玩游戏，一起在"聊天室"和某个朋友嬉闹，常常玩得不亦乐乎。

"妈妈！"女儿唤我，"我有点饿了。我要吃软麻花。"

我去给她买，街对面就有。拿在手中，感觉麻花有一点凉。路过"麻辣串"的摊子，我心里一动，买了两串热豆腐和一串"王中王"的火腿。

回到病房，女儿看到我手中的东西，嘻嘻笑了。"妈妈，刚才你出去了我还想，要是能有一串麻辣串吃就好了。"

吃过东西后有了一点精神，女儿的脸色看起来不那么苍白了。

回家的时候，街灯已经都亮了起来。远处，一扇扇的窗子闪着温暖的光。

女儿的手在我的手掌里，软软的，小小的。

多么感谢上苍，赐我如此厚爱——这个疼我爱我的人儿。

十八岁的色彩

淡紫色的背景下，白色的太阳花若隐若现，红色的玫瑰花瓣撒落下来，有一种梦幻的感觉。她着了白色的纱裙，每一个笑意都那么美好。

浅粉色的晕染下，她的脸散发着一种圣洁的光芒。

十八岁，真好。2008 年 8 月 13 日，璇玑十八岁生日。在我的坚持下，她去拍了个人写真。

光阴的脚步如此迅捷，却又如此漫长。十八年，仿佛只是一眨眼的工夫，曾在怀中的婴孩，已出落成高挑漂亮的女孩儿。

十八岁，花样年华。有多少梦想和希望开始启航？

十八岁，我放开一直握你的手，孩子，你要一个人去飞。

十八岁，孩子，用我的关爱和期望，在成人节为你加冕！

妈妈，没事的

从小她就对我说：“妈妈，没事的。”

小时候，她每年总有两三次生病，肺炎、扁桃体炎、连续高烧等，我总会被吓得掉眼泪。她生性爱动，一直到四年级，她的衣服还是每天换一次——你不给换都不行，因为她每天都会把衣服弄得很脏很脏。很多时候，她会把自己弄到受伤，膝盖上留着好几处伤疤，最长的一处有五厘米。跌进院子里的花池，小屁股被蔷薇花刺扎伤，至于青一块紫一块的碰伤，更是家常事。我常常会既心疼又生气，她总是对我说："妈妈，没事。"

九岁的时候，她放暑假一个人在家，脸颊上被玻璃割了一个很深的口子，她自己一声不吭，用毛巾捂着伤口到办公室来找我。待她移开毛巾，我一看，肉都翻开了，吓得我腿都软了。领她去医院，在治疗室里，我一边握着她的小手，看着医生给她缝伤口，一边哭得稀里哗啦，她反过来安慰我："没事的，妈妈，不疼。"

高考的时候，她参加了几所学校的专业考试。因为考试的时间定在早晨八点，我在这里很难赶过去。二月的气温还是相当低的，她早早起来，自己化妆，换好衣服，搭其他同学的车子去考场。我打电话过去，她说："妈妈，你不要来了，要不你比我还紧张。"

军训的时候，她被选为方队队长，练习队列的时候，她会把嗓子喊哑。我总心疼地说："别那么大声，记得多喝水。"她总说："妈妈，没事的。"

朋　友

自她小的时候，我就本着平等原则和她相处，虽然我是她的家长，可我也一直是她的朋友，很少用家长的身份来压她。

狮子座的她生来脾气刚烈，不管是当女儿还是当学生，从不因为对方是长辈而退让，大有王狮之风。这一点让我每天提心吊胆，吃足了苦头。

每当老师打来电话，我都害怕。当然，她不会犯什么大错，顶多是上课犯困、下课玩手机、洗澡误了晚自习一类的小错误。但学生犯错、家长挨训，这是历来的习惯，每次被学校拎了去，我总会赔着笑脸，向老师认错。

我很少秋后算账。不是我不想算——我从小到大是一个乖孩子，是一个家长安心、领导放心的模范生，听到的都是赞扬声，结果四十岁的人了，还要像个小学生，听老师们横挑鼻子竖挑眼，哪里受过这等责备？可是，不等我算，她就以退学来要挟我。所以，我一般还要反过来，动之以情晓之以理来劝她，还是要乖乖地上学。

其实，她独立意识非常强，是我心中的好孩子，懂事，坚强，有爱心。

每当我生病了，她会主动地做饭、洗衣服。出门在外的时候，不管到哪里，都是她主动照顾我，怕我累、怕我渴，总记得提醒我休息喝水。

我们一起看偶像剧，一起去 KTV 唱歌。买衣服的时候，总是她帮我挑选，砍价时，她比我更在行。当别人说我们像姐俩的时候，她比我还要得意扬扬。

相　守

从她一出生，我就拿定主意，不论多苦多累，一定要把她带在身边。

一岁半的时候，因为工作的缘故，我无法照看她，无奈还是把她送到乡下的奶奶家。时值初冬，过了二十天，我回去看她，她理了一个小男孩模样的短短的平头，小脸被风吹得像块树皮。那是她第一次离开我那么久。在看到她的一刹那，我抱着她，哭了很久。

这样过了四个月，我还是坚持把她带回我身边。刚过两周岁生日，她就成了幼儿园里最小的孩子。

小学六年级的时候，她去了省会上学。每个星期回家，她都是独自一个人坐车，往返五十公里。那时，她只有十二岁，307 国道经常发生堵车。有一次，她回家时，下午六点多坐车，晚上九点了还没到家，音讯全无。我正急得如热锅上的蚂蚁，手机响了，原来是女儿借了一位叔叔的手机打电话，告诉我路上堵车了，让我别着急。直到晚上十二点，她才回到家里。

学舞蹈的时候，她已经上高中了。这时已不是学舞蹈最佳的年龄段，但因为喜欢，她仍然坚持。上舞蹈课，练软开度，即使疼得眼泪都会掉下来，她也决不会喊“停”。每个寒暑假，我常陪着她去上课，夏天一节课下来，练功服都会被汗浸湿。冬天，我们穿着厚厚的羽绒服，而她们只穿着薄薄的丝袜和拉丁裙。旋转，旋转，一年下来，能磨破好几双鞋。

吵 架

我和她又吵架了。这样的吵架对我们来说，习以为常。

究竟吵过多少次，数也数不清，究竟为了什么吵，说也说不清。也许只是一句话，也许只是一件小事。

她继承了我急躁倔强的性格，不论什么事情都不肯认输。

她小的时候，吵急了，我会打她的屁股。大一点了，吵的次数就更多了。这时候，我打不动了，觉得自己老了，就自己生闷气。然后要么我出去走走，要么她出去走走。

高考结束了，她回到家里，睡觉睡到日上三竿都不起来。衣服乱扔，她的房间像个小狗窝，乱得没地方下脚。这一切都让我不习惯。

这些年来，因为她一直在外面上学，除了暑假，我们很少有这么长时间在一起，起点摩擦真是难免。

一吵，她便会回到她的房间里，把门一关，不理我。于是我更加愤怒。偶尔吵得厉害了，我会历数她的种种劣迹，说自己的不容易，然后声泪俱下。这时，她会开门出来，给我倒水、拿毛巾，并不说一句话。

其实，有些事情，没有绝对的对与错。家长的角度和孩子的角度，总是有差别的。难道家长就永远正确吗？自己不也是从那样的年龄成长过来的吗？

吵过之后，就过去了。她不当回事，我也没当回事。

放飞你的翅膀

她有一米七的个头了，她穿四十码的鞋子，走在街上，我的头可以靠在她的肩膀。

这个假期，她带了两个舞蹈班。第一次拿到工资，她兴高采烈地交到我手上。

她有了自己的秘密，会自己关起门来写日记，会自己一个人偷偷地哭。

我是担心的，就像我的母亲担心我一样。

可我知道，这是她成长中必经的道路。摔倒了，受伤，还要自己爬起来，擦干眼泪，还要向前走。

我说——

孩子，十八岁了。你长大了。

有了权利，就意味着也有了义务。

成长，意味着失去之后，还要失去；意味着受伤之后，还要受伤。成长，意味着你要独自向前。妈妈不再是你的拐杖，而是你身后的家乡。

放飞你的翅膀，天空有风雨也有阳光。努力向前，只要你的心中有理想，只要你的心中有坚强。

老妈的低碳环保生活

下班去看妈妈。一进楼院，一群人正在院子里闲坐。妈妈戴着老花镜和几个阿姨在织毛衣，我很是惊奇。这个年代，各种毛衫在商店里都可以买到，仍在手工织毛衣的人真是凤毛麟角，妈妈这又在引领什么新时尚？

我的老妈妈七十多岁了，但她思维敏捷，会用智能手机，会用平板电脑上网，关心时事，关注民生。妈妈性格开朗、心灵手巧、心思细密、为人热心、人缘好，在这里住了不过几年，院子里的邻居们不论老少都喜欢她。

闲时，只要妈妈一到院子里，楼上的邻居们很快就会拿着小马扎陆续出来，一起在葡萄架下闲聊。爸爸端了茶水出来，顺便给妈妈倒一杯，而妈妈的手里总有活儿。

妈妈工作了一辈子，闲不住。她说："要是光坐在那儿，手里不干点啥，觉得时间都浪费过去了，怪可惜的。"于是，妈妈把各种不穿的旧衣服找出来，一件件拆了洗干净，大块的布缝成四四方方的收纳袋，再缝上拉链，将衣服分门别类地装进去，衣柜里就可以收拾得整整齐齐。旧衣服还可以做成鞋垫的“褙子”，用纯棉的衣物打“褙子”，吸汗防臭，上面铺上网格布，再用各色丝线绣上花朵，各式花样翻新，颜色配得雅致，结实耐用，好看得像工艺品。

鞋垫做得多了，邻居们也受了影响，经常看到一帮小媳妇、老太太们坐在院子里相互“刻”花样，今天这个送给闺女一双，明天那个送给媳妇一双，各家的欢声笑语也多了起来。

习惯了勤俭持家的老妈，很受大家尊敬。邻居们谁家要有小娃娃了，裁个小衣服，织个小毛衣，做个虎头鞋，都请教老妈。大家有些生活窍门也相互交流，比如旧床单洗得薄了，扔了也很可惜，把它包上棉被芯缝好，外面再套上干净的漂亮的被罩，清洗的时候，只需要洗外面的被罩即可。

北方人早晚都喜欢喝小米粥，我家也不例外。中医认为，小米和中益肾、养胃补脾，是最好的天然食物。可是夏天米宜生虫，是个比较麻烦的事情。妈妈把盛食用油的空桶洗干净了，把买来的小米、大米都装进去，放一个夏天，都不会生虫。妈妈说，米不生虫不浪费，塑料重复使用，减少环境污染。如此类推，我也学会了把绿豆红豆五谷杂粮，都装进大大小小的饮料瓶子，排成一排，还真是好看。

妈妈家住一楼，楼后紧临马路，马路对面就是一个大的农贸市场，一天到晚，人来人往，嘈杂无比。老爸就在后院用花盆、泡沫箱子种上丝瓜，很快瓜蔓就爬满了窗户，不但在夏天起到了遮挡阳光的作用，而且保护生活空间不被打扰，还有天然无公害的蔬菜可吃。

大街上发的广告，经常被扔得满地都是。只要发给妈妈的，妈妈都拿回来，大的给院子里的孩子们包书皮，小的折成一个个小盒子，做成一次性垃圾盒，既方便又卫生。

家里的灯，妈妈全部换成了节能灯，电视不看随手关，夏天少开空调，多用电扇。妈妈常催我们，晚上出去遛弯儿，一个小时不开灯、不开电视、不开电脑，既锻炼身体，又节约用电，一举两得的好事情。想想，还真是那么一回事。

妈妈非常注意节约用水。家里有一个塑料桶，爸妈把干净的洗菜水、洗衣服的水都倒在桶里，拿来洗拖把和冲厕所。我看到了，说：“妈，不至于吧，咱们不差这点水费。”妈妈却很认真地说：“亏你还是公务员呢，电视报纸天天说北方缺水，能省一点是一点。”我扑哧一声乐了：“妈，您省这点，够干什么的。”妈妈说：“你省一点，我省一点。大家都习惯了，就省得多了。”我不由得脸红了。

再次凑近了，看妈妈手中的毛衣，原来是拆了旧毛衣，织成一件漂亮的毛衣外套，黑色的毛衫，简单的麻花针，袖口和下摆配了浅灰色和枣红色的毛线，织成螺纹针，好看又大方。妈妈退休前，一直在商业部门工作，担任商场的经理近二十年，她的衣着总是得体又合身。虽然是个老太太，可一直是个倍儿精神的老太太。

老妈和老爸喜欢种花养草，家里收拾得窗明几净。她教给我们的不仅有生活技能，更重要的是她把这种勤俭持家的美好品德传给我们，让我们受用无穷。

流浪的户口

从记事起，我就知道，户口是件很重要又很麻烦的事情。

新中国成立前，年轻的外公从山西老家出来闯荡，学了钟表手艺后，在石家庄市南马路与人合股，开着一家名为“大西洋”的钟表店。妈妈小时候，就住在新开路（现在改名叫兴凯路）。家里至今还留有妈妈小时候和外公外婆的合影，妈妈穿着小旗袍、小皮鞋，像个小公主。那时候家里生活条件很好，而那家大西洋钟表店，直到1985年我在石家庄市上中专的时候，它还在老地方。到1996年以后，南马路才改名为裕华路。

新中国成立后，公私合营，外公不久便失去了自己的店面。再没过多久，外公被任命为新乐县第二机械厂副厂长，于是，全家跟着外公搬迁到新乐县东长寿镇。几年后，因家中姐妹众多，加上三年自然灾害，家中生活每况愈下。在舅舅刚出生不久，成绩优秀的妈妈还不满十五岁，就被老乡赵贵荣带到井陉矿区参加了工作。也是因此，妈妈没有像其他姐妹一样，经历颠沛流离的生活，而是在井陉矿区成家立业，成为全家唯一一个一直是城市户口的人。

“文革”初期，外公响应国家的号召，带着全家从石家庄地区迁回山西平定县的乡下老家，由城市户口转为农业户口。

有时我很好奇，外公得有多么爱党爱国，才会做出这样的决定，把子女们的户口全部由城市迁往农村。

那个年代，城乡差别非常大。户口不同，在上学、就业、分配工作、福利等待遇上就有天壤之别。一个人是农业户口还是非农业户口，他的人生是完全不同的。

此后十年间，经历了外公病逝、五姨夭折等重大家庭变故。二姨和三姨“上山下乡”后，两人各自在阳泉和平定县城安置了工作。剩下姥姥带着还在读书的四姨和舅舅在乡下。1977 年，经过妈妈不懈的努力与多方奔走，落实政策时，舅舅和外婆的户口迁回了河北石家庄地区。四姨由于年龄已经超过十八岁，政策上是不允许回迁的。这样一下子，就把她一个人孤零零地撂在了山西老家。

为了解决四姨的户口问题，妈妈反复去找外公原来的工作单位新乐县（今为新乐市）国营第二机械厂和石家庄地区行署。那时候，交通很不方便，火车车速非常慢，从我们家坐火车去石家庄市大概要三个多小时，为了能在第二天一大早赶到地区行署，妈妈常常坐夜车去，在朋友家应付半宿，然后第二天去找人家。

为了照顾她，四姨被安排在新乐县第二机械厂当临时工，后来机械厂招工时，四姨通过文化考试，被工厂录用，成为一名正式工人。那一年，是 1982 年。关于给四姨办户口的故事，其中的细节和曲折程度，足够写成一部长篇小说。

这时，四姨已二十六岁，为了能把户口办出来，她一直没有找对象。如果结婚，那就意味着她永远不能农转非。等到四姨终于将户口问题解决，此时她的婚姻大事就成了首要问题。这一年，外婆回山西平定县探望我姨姥姥，也和亲戚们说起此事。一个偶然的机会，有人给四姨介绍了老家山西平定县机械公司的一个男生。农家子弟出身的他清秀聪慧、为人稳重，当时外婆只是见了一面，就把四姨的终身大事定下了。

成婚后两年，四姨从河北新乐县调至山西平定县城工作，她的户口也迁回山西平定县。兜兜转转，三十年的时间里，她的户口从河北新乐县转回山西平定县红卫村，又迁到河北井陉矿区荆蒲兰村，辗转到河北新乐县，又回到山西平定县城，其流浪史几乎可以看成是中国城乡历史三十年的变革缩影。好在这也算是尘埃落定，在以后的三十年里，她和四姨夫婚姻美满，生活富足安定，成就了一段佳话。

当然，关于户口的故事并没有结束。那时，四姨婚后不久，便生下了女儿静，后来他们又生了二女儿婷。但婷的户口因为各种原因，一直上不了。于是，作为大姐，妈妈又开始了新一轮的奔波。

在过去的许多年里，我多次跟随妈妈坐夜车跑去石家庄市。记得妈妈每年都会跑各种部门、单位、派出所，按官方的要求开各种各样的证明。逢年过节，还要给人送礼品沟通人情。妈妈一辈子不会骑自行车，到哪里除了坐车，都是步行。那时，火车缓慢，公交不便，车上人挤人，常常一站就是几个小时，下了车，大部分还要靠走路。每次我跟在她身后，经常累得走不动，以至于后来我对步行这件事情一直有阴影。

直到今天，我对妈妈依然怀有崇敬。那时，妈妈体重不过四十多公斤，养活了我们姐妹四个，照顾着外婆全家。她工作出色，精明过人，做了二十多年的商场经理。那样瘦小羸弱的她，身体里究竟蕴藏了怎样的能量，才能把这些乱如麻的日子捋得顺、理得清、办得妥。

若干年后，婷的户口终于办理妥当，回到父母身边。故事的结局是圆满的。四姨最后也有了儿子东东，一家人幸福美满。

相比四姨一家的户口故事，我的户口只能算是小故事。

1985年高中毕业后，我考上一所中专学校，户口也随之迁到了省会石家庄市。上学期间，全国开始办理身份证，我的户口区域编码还是我的学校所在地。毕业后，我没有如愿分配到省会工作，而是回到家乡井陉矿区，户口随之迁回井陉矿区。好在工作分配得还算不错，进了机关，做了一名小公务员。一入公门深似海，分配到税务部门工作后，一待就是三十年。十几年后，当在企业工作的同学们纷纷下岗、另谋生路时，我心里生出些许庆幸，弥补了当年没有留在省城的遗憾。

在女儿上小学的时候，我考虑到将来女儿要去石家庄市读书，于是在1996年将全家的户口迁回省城石家庄市，落户在了一家学校的集体户口上。负责这家学校后勤工作的是我中专时的师哥，一次偶然的同学聚会说起此事，他便帮忙将我们的户口落下来。

2002年学校清理集体户口，不得已，我和女儿的户口从学校迁出，落户到长安区我同学的家里。因为同学买了新房，户口随之迁走，他的旧房是空户，于是我以户主的身份落在他家的旧房住址。这期间，大学毕业后在石家庄工作的小弟将户口落在我的户口本上，他结婚后，他儿子的户口跟着他也落在我家户口本上。

2008年初，石家庄市的房价开始慢慢涨起来。几经观望，多次错过低价位买房机会的我，果断在石家庄市买了房。这一年女儿高考，买房也是考虑她将来工作时，能有个安顿的地方。

这年的冬天，同学打来电话，说他的房子要卖。买房子的是一个西安人，要落户进来。但只有我们的户口先迁出去，人家的户口才能落进来。

一时间，我们的户口又无去处。没办法，我差点做决定把所有人的户口迁回老家。一来女儿高考，她的户口将来会迁到学校；二来我自己的户口无所谓，反正也在矿区工作，小弟此时也调回矿区工作多年。弟妹听说此事后，考虑到儿子将来上学问题，不想把儿子的户口落回来。她多次咨询了在公安部门工作的同学，人家回答说一家房本上可以同时落户两家人。于是，我又同买房人多次商量，最后买房人要了一千五百元，答应我们将户口暂时在他家的房址停留一年。

2009 年 10 月，新房交房。12 月一拿到房本，我就立即去派出所把户口迁出，落到自己家的房子里。

从此，流浪的户口，终于不再流浪。

我与嫂子青梅竹马

我的嫂子只长我两岁，她家与我家比邻而居。二十世纪七十年代，我们住在那种没有院子的公房里，一排三家，嫂子家与我家只有一墙之隔。我们两家相邻二十年，就算吃一顿饺子，第一锅煮出来，也要给对方送一碗。我和嫂子从小在一起长大，亲密无间，直到有一天，经两家大人商议，她做了我的嫂子，成了我家的一员。

我是嫂子的追随者。孩提时代，她就是我们这帮孩子们的头儿，她领着我们捡麦穗儿、拾秋，帮家里解难，让我们从小就有一种分忧意识。我们一起过家家、挖鱼虫喂鱼、踢毽子、掐羊拐……不知不觉中我们就长大了。

我记得，她青春的脸庞笑起来是多么的美丽，一口贝齿粒粒晶莹。我记得，那些花鸟走兽在她的绣花绷子里，一针一线变得栩栩如生。她织的毛衣总是最好看的，穿在身上总有人问是在哪买的。我在她的影响下学会了绣花和织毛衣，女儿璇玑的小枕头、红兜兜、衣服上都有我粗糙的针线。因为这些，飞针走线的时候，感觉自己也多了几分婉约的味道。

嫂子是心灵手巧的女子，她的绣工是出了名的好。嫂子家里的窗帘、床单、台布、沙发巾等，无一不见她的手工。我和妹妹结婚时，嫂子送给我们的礼物，竟然是她亲手绣制的床罩。雪白的床罩上，用了绿色的凤尾纱补做大朵的牡丹，再用丝线锁了边，黄绿相间的丝线绣出缠缠绕绕的枝叶，高低错落，疏密有致，让人有一种惊艳的感觉。床罩帘折出整齐的对折，用线固定好，床沿用黄绿相间的丝线绣出牙边。整个床罩全是手工活，打开来就是一件完美的工艺品。我把它当成最珍贵的礼物，至今没舍得用，一直收藏在衣橱里。

嫂子是我们的榜样。嫂子嫁入我家已经二十年了，她为人谦和，从来没有和我的父母顶过嘴红过脸。嫂子为人孝顺，对我的父母像自己的父母一样，从不生分。我的父母对她也像对自己的孩子一样，万分关心和呵护。爸爸生病住院时，嫂子天天变着花样送饭。炖鱼、炖排骨、蒸蛋羹，只要爸爸想吃什么，嫂子就会想办法做什么。爸爸出院后，哥哥嫂子商量着让父母住在他们家，为的是能更好地照顾他们。父母回家后，嫂子隔三岔五往家去，帮妈妈做做饭，和爸爸聊聊天。快过春节时，嫂子第一个回去，擦玻璃、扫院子、贴春联、剥鱼炖肉。我想，就算是亲生儿女，我们也不如嫂子做得好。

嫂子为人真诚，心地善良，无论是在工作还是在生活中，她都坚持自己做人的原则。嫂子在煤矿化验室工作，每天三班倒，她工作认真负责，从没出过纰漏。因为口碑好，她被多家私营公司请去做化验指导，带了很多徒弟。这几年由于煤炭旺销，化验煤样的工作分外引人注目。有一次，一家供货商的业务员在送煤样时，悄悄塞给她五十元钱，请她化验时多多照顾，被她坚决拒绝了。嫂子的为人可见一斑。

每逢节假日，嫂子总会喊我们姐妹几个一起聚聚。嫂子的厨艺一流，做的饭菜非常好吃。就连她腌的咸菜，我们都赞不绝口。哥哥总有忙不完的工作，家里的事情几乎都是嫂子在忙。她总是把家里收拾得一尘不染、井井有条。哥哥是我们家的长子，我是长女，所以家里一旦有事情，我和哥嫂商量的时候更多。作为嫂子，她宽容大度，从不在小事上计较。因为青梅竹马，我们兄妹三个和嫂子从不见外，两口子生气拌嘴，就找嫂子诉苦，孩子没人看了，就给嫂子送去。而嫂子总是跑前跑后，从来没有说过一个不字。在我们心里，嫂子是我们的贴心人。

想起李娜的那首歌《嫂子》——嫂子，亲亲的嫂子。我青梅竹马的嫂子，我美丽善良的嫂子，她有一个美丽的名字，叫月华。

同桌的你

老狼的歌声透着几分忧伤："明天你是否会想起，昨天你写的日记？明天你是否还惦记，曾经最爱哭的你？"每每听到《同桌的你》，我总会想起那些熟悉的面孔，仿佛回到书声琅琅的学生时代。

小的时候，刚刚两周岁，我就被父母送去了外婆家。家中只有外婆和我的小舅。小舅比我哥大三岁，比我大七岁。其实那时小舅也是个孩子，不过九岁。因为我小，所以外婆极疼爱我。五岁的时候，我便缠着外婆要去上学。外婆领我去了学校，很快地，我就能上学了。外婆给我准备了文具，书包是各种碎花布拼起来的，里面衬了旧衣服接起的里子。书包里放了一块石板、一块画粉、一个本子，还有一支铅笔和半块橡皮——是小舅用刀子割开分给我的。每天，我兴高采烈地跟在小舅后面去上学。我在班上年龄虽小，可我的学习成绩却很好。外婆不识字，每每受了她的夸奖，我便更努力地学习，希望在下一次考试中取得更好的成绩，让外婆开心。

印象中，第一个同桌姓赵，名字已经记不起来了。当时，因为个子矮小，在班里我常常受那些大男孩的欺负。简易的书桌没有抽屉，只是一张木板四条腿。两个人挤在一张桌子上，要是一不小心胳膊过了中线，就要被同桌的男生又打又拧地撞过去，再要不小心划破了作业本，我更是又急又气。这个男生是个咬舌的，说起话来口齿不清，学习成绩又不好，老师的本意是让我和他同桌可以帮助他，没承想他是个小霸王。我常常含了泪，回家和外婆诉说。外婆便踮着小脚到学校去找老师。

如此两三回，我便换了一个女生做同桌，名字叫窦翠萍——在那个小山村里，上了四年小学，至今还能想起的同学名字就是她了。可是我对她的样子已经很模糊，只记得每次妈妈来看我，带来了好吃的，我总是带到学校，和她一起分享。那时候，一块粗糙的蛋糕、几粒“螺丝糖”就足够让我们开心好一阵子。翠萍家里姐妹多，生活很艰苦，她回家要做许多家务，所以常常写不完作业，学习成绩也很差，可是我们依然是很好的小伙伴。离开那有几十年了，我只在外婆去世的时候回去了一趟。当时只是在悲痛中，没有问及她的情况。如今，那个小山村没有我一个亲人，恐怕再也没有机会打听她是怎样的了。

回到父母身边时，我十一岁，换了新学校。新同桌叫李彦东，他个子矮矮的，因为瘦小，总被班上那些男孩子欺负。但他很少和我发生冲突，平时写作业和考试的时候，我总同情地让他抄我的答案。我只和他做了一年多的同学，小学毕业后，我便转到井陉县最好的中学读书。他在当地读完初中后就参加工作了。我一直没有他的消息，直到很多年后，父亲住院，我才在医院遇到他。他还是那么黑黑瘦瘦的，在医院做保洁工。

上中学时，我在县城读完了初中和高中。其间换了很多同桌，印象最深的有两个，一个是崔荣旗，一个是张素芳。

崔荣旗和我上初中时就是同学，他个子不高，非常削瘦。他的父亲是我们学校的数学老师，母亲是另一所学校的历史老师。崔荣旗的年龄和我一般大，只是他比我大几个月，人又瘦瘦小小，所以我一直骗他我比他大，他就喊了我很多年的姐姐。直到今天，他还是习惯叫我姐姐。

高考那年，他是我们学校的理科状元、全县第二名。以他当时的成绩，上清华北大都没问题，但我们当年先报志愿、后知道分数，他考完后告诉我感觉不是太好，志愿也报得不太好，最后只去了甘肃的兰州大学。

从石家庄到兰州，那个时候路上大概要走两天两夜的时间。从没有离开过家的他，在那个遥远的城市没有一个亲戚或同学。他是个非常内向的男孩，孤寂之中，他学会了抽烟。他后来写信告诉我，每次离开家去学校的路上，他整夜整夜睡不着，唯一能做的事就是不停地抽烟。他喜欢读我写的诗和散文，每次来信非常简短，但他总说：姐姐，你尽量把信写得长一些吧，我喜欢读，就像你在我身边和我谈心一样。

若干年以后，同学聚会，他听说我要去，早早地站在了门口，一直在等我。当他微笑着，带着一口被烟熏黑的牙齿亲切地喊我“姐姐”时，我内心满是感动和暖意。

张素芳是我中学时代的最后一个同桌，他是在我毕业的那一年转到我们学校来的。在男生眼里，他是那种比较倔强的性子。而我因为自小离家，既敏感又脆弱，虽然非常小女生，却也是个暴脾气。但在我们同桌的一年中，他从未和我发过一次脾气，我们也没有起过一次争执，并且我们比别的同桌相处得都好。倒不是我有多么好性子，而是在我每次无理取闹的时候，他总是红着脸，或是不吭气，或是由着我的任性，那时我竟不自觉。等我们各自升入高校读书时，有男生问起他为什么对雪泥如此忍让，他说：“她一个女生，又是我们年级最小的，我一个大男生怎么也不能和她一般见识，总得让着她吧。”

心里的感动，真的无法言说。

张素芳是在张家口上的大学。他学的是建筑专业，所以他的大部分时间是在全国各地奔波。但只要他回家，每次必定来看我。前两天，他恰好在不远的小城接了一项工程，抽了空到单位来看我。他现在已是这家建筑公司的高级技术人员，过得很好。我也为他高兴。

回想起来，上了十几年学，同桌有多少恐怕难以数清，有的记忆深，有的已恍惚，有的仍是好朋友，而有的已化为云烟，成了永久的感慨。

疯女银枝

夜半，正在睡梦香甜时，突然一连串的尖叫声把我从睡梦中惊醒。

迷迷糊糊中，我以为是女儿在尖叫。一个激灵，就觉得冷汗下来了。刚要出声询问，一转念，不是女儿，女儿下午已经返回学校。

这时，又传来一个女子和几个男子乱哄哄的吵闹声，在夜深人静的时候显得格外清晰响亮。我再仔细一听，便知一定是那些半大不懂事的男孩子在戏弄疯子银枝。

复躺下。经这一惊吓，自觉浑身酸软，冷汗黏黏地贴在身上，一翻身，突然觉得肋骨间疼痛难耐，一吸气就疼。想必是受了刚才的惊吓，竟岔了气。用瑜伽的调息法慢慢地调整呼吸，过了一会儿，方渐渐好了。

这样一折腾，便过了很久，窗外已恢复了宁静。初夏的夜，还是很凉的，睡意再次袭来。“今晚银枝可能又要露宿街头了”，这是我入睡前最后一个模糊的意识。

几年前一个夏天的夜晚，我和几个朋友在街头散步乘凉。夜渐深，回家的路上，我顺路买了一个西瓜。走到半路上，见一个女人一边跺着脚乱骂，一边在街边的垃圾里捡食物吃。问朋友，朋友说这是个疯子，名字叫银枝。

银枝，多好听的名字。人们常把皇帝家的女儿叫金枝玉叶，给自家的女儿取名叫银枝，想来她一落生，父母必是当成手心里的宝一样疼爱。如今，流落街头的她，该是父母怎样的一块心病啊！

我便想把西瓜分一半给她，朋友说："你的慈悲心又泛滥了，她精神不正常，又分不清好赖，一定会乱骂人，你又何苦？"我还是坚持掰了一半西瓜，走到她跟前想送给她。她受了惊吓似的尖叫起来，亦把我吓了一跳。我正想伸手把西瓜递过去，她抡起手中的包，便向我甩过来，我惊慌间赶忙往后退。朋友见状，立刻厉声呵斥她，她不敢再上前，但开始破口叫骂。

我顿觉非常尴尬，只好把西瓜放在旁边的台阶上，然后离开了。走了几步，再回头，见银枝正从台阶上一把抢过那块西瓜，躲在一边埋头猛吃。

我不禁摇了摇头。

朋友说："劝你也不听，吓一跳吧？"我说："没事。"他说："其实她那是平时让那些孩子们吓的，形成条件反射了。"

银枝是离城区十几里路远的西王舍村人，三十多岁的样子。和大多数流浪街头的精神病人一样，头发蓬乱，脸总是又黑又脏。可能是离家近的缘故，她的衣服虽然脏，但倒是随着季节的冷暖增减着，很少有衣衫褴褛的时候。

那些放学路过的小男孩们，有些顽劣的，总会向她扔个石头或是吐口水，银枝一边躲闪，一边还击。这样会引得更多的孩子攻击她，我常常见她的脸上或头上有伤痕。可能是经常流浪的缘故，吃饭也有一顿没一顿的。她很瘦，眼睛大大的，若她是个正常人，还是很好看的。

后来，她常常会出现在我们家附近。她一般坐在一座办公楼的台阶上，手里提着各种各样的包或是纸箱子，口里总是不停地嘟囔着。她的眼里常常含着泪水，脸上总是一副悲苦的神情，这种悲苦的神情含着一种无奈、伤心，常常会让我的心疼一下。

冬天的时候，天已经很冷了，银枝还是会常常坐在台阶上发呆。天黑下来的时候，偶尔会遇到她在街上游荡。常常想，这样的夜晚，如果她露宿街头，会不会冻出毛病来？但这只是一个闪念，有时会拷问自己：如果她真的露宿街头，你会带她回家吗？回答是“会”，偶尔一次可以，多次则肯定不行，毕竟自己的正常生活不能被打乱，毕竟我们都要正常地生活下去。

第二天，我问邻居们是否听到夜半时的吵闹声，很多人说听到了。中午下班的时候，又看见银枝坐在那个固定的位置上。我看了她一眼，她依旧是一副茫然的神情。

又常常想，不知道她还有没有亲人，如果有，也许他们日复一日地为她叹息、担心和奔走，也许他们已习以为常，无奈地任岁月侵蚀她的生命，直到结束为止。

常常期盼，如果我们国家的社会保障事业更加健全和发达，对待银枝这样的人，像对待残疾人一样，给他们良好的治疗和生活保障，那我们的社会会更文明、更温暖、更人性化。

爱的互动

遇到他们的时候，已是正午时分。

这样的大医院，光候诊就要一两个小时。加上医生询问检查，一上午很快就过去了。

医院的门诊大楼里，大部分人都下班了，只有收费处还排着长队。

排在我前面的，是一对古稀之年的老夫妻。

两位老人正在推让。老爷子说："你去那儿坐会吧。"老太太说："你去吧。我在这儿排着。"

收费处旁边，设有三张橘红色的等候椅。可能是一上午的就诊时间长了，两位老人都累了。老头儿担心老太太，老太太也心疼老头儿。

我心里一热，于是对他们说："二位老人家，你们都去坐会儿，休息一下吧。没事儿，我在这儿排着，到了我叫你们。"

他们回头看了我一眼，笑了笑，有点不好意思。

我微笑着示意他们："去吧，没关系的。"

想来他们是真的累了，于是，两位老人相互扶着去旁边坐下了。

老爷子摘下红色遮阳帽，露出浓密的银发。他穿了件土黄色的夹克衫，双肩交叉背着两个小包，两眼炯炯有神，坐姿端正。老太太着暗红底灰色提花毛衫，慈眉善目，隐见当年娟美容貌。这家医院是有名的部队医院，我猜测，老爷子应该是个部队的离休老首长。

快排到窗口了，老爷子走过来，我让出位子，请他到前面来，他谦让。我说："没关系的，老人家您先交费吧。"

递进窗口的是一张手写的中药药方，但收费的小姑娘拒绝了，要求交现金。按医院规定，医保的所有处方必须是电脑打印的。

老爷子一下子就火了："你们到底是为谁服务的？"

我赶忙劝道："别着急，去换一下药方就好了。"一般这种大医院，都会有年轻助理帮助医生在电脑上出处方。

老太太说："已经都下班了，没有大夫在了。"我看了看表，已经十二点多了，大夫要下午两点半才来上班。

小姑娘还是耐心地做着解释："这是医院的规定。要不您先交了现金，回头再换了方子去报账，也一样的。"

老爷子一边从包里掏钱，一边还在生气："你们到底是为谁服务的？！"

小姑娘熟练地结算："八百零一元。"

老爷子在包里找零钱，但显然没有。

我赶忙掏出一元，说："别急，我这儿有。"

老爷子固执地推开了，脸上闪了一个笑容："姑娘，我有钱。"

窗口里递出一堆零钱和单据，他们接过去取药了。

我交了费，去化验室化验，只有一个护士，等了半天终于轮到我，抽了血，化验结果只能等到第二天来取。

返回到门诊大厅的时候，已经下午一点多了，却见两位老人还等在门口。

"姑娘，我们找了你半天。"老太太拉着我的手，"我们是来向你说声谢谢的。”

“不用，不用，这一点小事是应该的。”我赶忙说道。

“你是哪个单位的，做什么工作的？”她问，“现在啊，很少会遇上你这样关心老人的。”

我说：“阿姨，您不用这么客气，尊重老人是应该的。”

她一直追问，我笑着说：“这一点小事，不用记在心上。你们还没有吃饭吧，赶紧回家吧。”

我对老爷子说：“您要多保重身体，遇事别着急。现在生活越来越好，只要身体健康，好日子还长着呢。”

“我们就住在旁边的高炮旅干休所。我家有三个姑娘，都像你这么招人喜欢。”她疼爱的眼光真像妈妈，我的心热热的。

走出医院，抬头看看天，真蓝。阳光洒在身上，真暖。

关心与爱，原来是相互给予的。

温暖与爱，原来是可以互动的。

跋

不负红尘

杜　泓

第一次读雪泥，竟在中途戛然而止——句子太好了，就像某首我喜欢的歌里说的那样——“舍不得一口吃掉”。是的，雪泥绵密的节奏、温婉的气息、唯美的意象以及精到的语言，都让我惊艳。

那时，我总爱想象诗人雪泥，想象那些句子是如何从她手指尖绽开、飘落，甚至想象她会穿哪个牌子的皮鞋、用什么颜色的唇膏……等到我们终于相识，才发现，她的气息如此亲近，与我身边的每处生活和美地相融着，不硌也不跳，就那么自然又天然地，河水般寂然流淌。

雪泥是位诗人，是位有智慧的、清醒的诗人，这在诗人中间当是较少的一类。我无法知道她的诗情诗思怎样在某个不可知的时间来临，亦无法知道写着诗的她是怎样一副模样。我只知道，她把酿造好的诗歌从心里头热乎乎地捧出来的时候，我就经常读到一些伤痕或血丝，尽管已经被她独自抚摸过，它们仍旧疼痛得让人惊心。

而我，不愿意总去碰触这些。更多的时候，我去翻几篇雪泥的散文来念。诗歌之外的雪泥，把生命的诸般疼痛反复吞咽咀嚼分解消化之后，蚕儿吐丝一样，让那些在眼中、体内和心底纯化并醇化了的得悟和体察缓缓释出。我们往往看不到她的伤痕，但我们却可以拿这些句子来为自己疗伤，这是一场只赚不赔的阅读，是一场没有成本的阅读。

尽管生活有时无情，有时悲苦，但雪泥总是选择微笑着，大气凛然地微笑着。作为好朋友，我知道，当她微笑的时候，往往正是疼痛难耐的时候；但我们的雪泥，清醒着的雪泥，即使疼痛，也要一丝一毫地梳理清楚——

“我们不怕伤害，我们害怕的是别人的眼泪。

我们挣不脱，是因为我们的善良、我们的责任。

我们的生活什么也不缺，可是我们想要的，我们总也要不到。命运总会这样安排。

微笑着面对生活吧。如果生活无法改变，我们除了微笑，还能做什么？

笑总比哭好。”

“忽然就觉得困倦了。

是的，我累了。

热腾腾的火锅弥漫着水汽，汤是热的，而心是冷的。我不肯让自己醉了。坚持一口酒也不喝。

我必是要留着清醒，在清醒中感受着疼痛。”

当我独自面对伤痛的时候，听到雪泥这样说——

“请用爱，修补爱的漏洞。亲情，是比棉被还要温暖的温暖。”这是个让人一读就流泪的句子，因为我仿佛看到雪泥，疲惫着、伤痛着的雪泥，一边舐自己的伤，一边还不忘记把她在深暗泥泞处制成的丸药，无偿分散给需要指向的伤者。

是的，她是敏锐的、易感的、清醒着的，但她又总是怀着包容和慈悲，去努力爱着自己，爱着他人和世界。

“冰雪压顶，南方大片电网中断。在这个最重要的节日里，有多少个家庭会在寒冷和黑暗中度过？火车因冰雪而中断，高速公路上厚厚的冰雪无法清除，回家的路就这样被阻断了……在中国人心里，还有什么比春节里与家人团聚更重要？我的眼睛在这则报道面前，迅速地湿润了。”

“不是所有的爱都会有回报，不是所有的期待都会变成现实，不是所有的花朵都能结出累累硕果，不是所有的日子都有艳阳高照。生活，终于教会我等待、忍耐和包容。……

那些伤心的过往，艰难的岁月，都随着时间的流逝，慢慢冰封。如果他人给了你一瞬间的伤害，千万别让这一瞬的伤害变成一生的重负。佛曰放下，放下。放过他人，也是放过自己。”

寂寞的歌者，尖叫的灵魂。我时常想到这两个词组，我觉得它们像是专属于雪泥的。雪泥本人也这般自称：“我们是寂寞的歌者，是寂寞的享受者。这样的行走，带了个人的痕迹，却超越了个人的喜怒哀乐。共性是个性的基础，所以每个人的痕迹，总会有时代的印记，因而我们的歌声虽然寂寞，但总不乏倾听者。”

“守住这份寂寞，便是守住我们的心灵。”

至此，我不想再引用了，她的每个句子，我都感到这么熟悉、这么近、这么亲。我想起她博客的名字——有谁曳杖过烟林，寂寥且淡泊；我还想起我们有位共同的朋友萧含，把雪泥称作“寂静雪泥”；我又想起我一个人在成都的时候，请我的朋友、书法家洪厚甜先生为雪泥写了三个字“这红尘”，厚甜先生深刻博厚又诗情洋溢，我想借用他对红尘的理解，为这本散文集添加一个注解；我甚至想起雪泥新买的房子，就在离我家三五公里的地方；我也想起雪泥那青春活泼的亲爱的孩子，她名叫璇玑……在这些文字的温软包围中，我就这样想起雪泥。

在文字间游走的雪泥，在时光中守候的雪泥，在伤痕中微笑的、在喜乐中自知的、静寂又安详的雪泥。

红尘深阔，了无痕。

不能不爱，不得不爱，不由她不爱。一个在文字中醒着痛着的舞者，就这样爱着一路行走，决绝，娇艳，义无反顾。她将自己在暗夜和崖底艰苦采摘熔炼的芳草珠玉，都用她热爱的方式捧了，铺展在我们面前，任由取索。

我愈加地遥想了，待我们被大多数人甜美地唤作某老的时候，我和雪泥必是互握了依旧妖娆的手指，相视一笑——

青丝若雪，

貌美如花，

不负红尘。

夜语风荷，本名杜泓，中国散文学会会员，河北省作协会员，河北省书协会员，河北省美协会员，河北省金石学会理事。

其文学作品以散文见长，犹擅人物专访、书画艺术评论，在《当代书法论坛》《书法报》《书法导报》《神州名家书画》《河北当代书画》等各类报纸杂志上发表百万余字。文学作品和画作多次获得国内各类奖项。

提高现代文阅读和写作成绩的金钥匙

雪泥作品
阅读试题详析详解

旧　的

一

①带朋友去段家楼。一次又一次。

②院子里的古柏参天，一年四季，不论何时，都呈现出深深的绿。高大的梧桐树，落叶飘荡下来，覆了满地，那种繁华过后的沧桑，如水，一波连着一波。

③百年前的门窗，推开时，吱吱呀呀的，仿佛在问我，你，又来了？

④是。我微微笑着，在心里作答。

⑤被磨得已经没有颜色的地板，依旧锃亮的壁炉，灰白的

墙壁，微微的尘土的味道，一切都那么熟悉。木质的楼梯，被行人磨得有了弧形的缺口，但踏上去仍让人觉得安全，有种舒适感。

⑥ 一块黄梨木，静置于房间的一角，上面用高浮雕和透雕手法，雕有缠缠绕绕的枝叶和果实累累的葡萄。虽陈旧，却有一种无与伦比的高贵与古朴。尽管岁月流转，却怎么也掩不住它精美绝伦的光华。它原来只是楼里的一块墙裙，其余的，在这百年的光阴里都渐渐失散了，只有它幸运地守在这最初的地方，见证了当年的繁华和过往岁月中的沉浮。

⑦ 因为唯一，所以格外珍贵。

⑧ 二楼的外墙上印着毛主席语录，墙角处的墙皮有的已经剥落，露出整齐的红砖。由于资金的问题，这栋花楼一直没有被粉刷，但心里真的庆幸，它还保持着岁月的痕迹。没有被人为地修葺一新。

⑨ 新物事，总有种咄咄逼人的气势，而旧的物事，会呈现出一种绵长久远的温和，让人生出一种说不出的亲切与厚重。

⑩ 旧的感觉，真好。

二

与他很久很久没有联络，几乎断了音讯。

一日，他打来电话，正是我摔伤卧病在床的第二天早晨。

很是意外。我问："何事？"

他答："这一日，总是觉得心神不宁，感觉你有什么事发生似的，故问候一声。"

"怎么这么不小心？"他关切地问，仿佛是责备。

眼睛湿漉漉的，却有暖意自心底缓缓漾起。旧日里，那些往事一下子呼啸而来。恍见青春年少时，合欢树下，相随相伴的纯真笑脸。

尽管隔了千山万水，旧日的朋友，从没觉得距离是距离。

三

听旧歌，张明敏唱《我的中国心》，无论何时何处，心总会疼一下。

那年，一台录音机，一盘翻录的旧磁带，与他听了很多遍。

那年，雪很大。走了很远的路，脸冻得通红，心里却有只梅花鹿在不停地跳。黑夜中，那扇窗透出的灯光，远远望去，有说不出的温暖。

那年，炉火很旺。

那年，我很年轻。

那年，一首歌成了记忆永远的背景。

四

衣橱里，有很多旧衣服。一直不舍得送人。

有些，只穿过半天，便永远挂在那里。比如，结婚当天穿的旗袍。

有的，穿了很多年，洗得绵软服帖，只是已不能再穿，依旧不舍得丢弃。比如，那件宝石蓝的连衣裙。

很多旧衣服，挂在那里，就像自己的岁月整齐地排列在那里，从年少青春到如今岁月苍茫。

旧的日子，被关在暗处，打开时，总有芬芳一闪。（有删改）

1. 本文的线索是什么?

2. 作者以“旧的”为题，表达了一种什么样的情绪?

3. 第一章节的 ⑨ 自然段的内容有什么作用?

4. 第一章节的 ⑩ 自然段说“旧的感觉，真好”，请结合文章内容说说有哪些“好”?

参考答案：

1. 对旧物事的浓浓的深情，是文章的叙述中心和行文线索。

2. 四节短章，写了旧物、旧友、旧歌、旧衣，都凝聚着作者对过往浓浓的眷恋。

3. 是全文的题眼。起着总领全文、点明中心的作用。

4. 旧物温和，生出亲切；旧友如昨，关切牵情；旧歌如痣，铭记少年纯真；旧衣如棉，记取生活芬芳。旧的感觉，是作者内心“温暖”和热爱生活的写照。

殷殷热血固金瓯

河北省石家庄市井陉县洪河漕村是个很小的山村。如果不是看到矗立在公路上“爱国主义教育基地”的醒目标志，我们在飞驰的车上，几乎错过了进村的路口。

从山脚进村，一路蜿蜒向上。村舍依山势而建，错落有致地分布在河道两岸。坡道两旁，房前屋后遍植树木，入眼可见香椿树、楸树和核桃树。道路紧临河道崖边，野生的枣枝从崖下探出头来，枣子密密地挂在枝上，伸手可摘。村中既有青石灰砖的老屋，也有门户精致装修现代的新舍。因为地势的缘故，房屋的开间和院落大都小巧古拙。河岸对面，依势而建的两层五开间的房子很是醒目，楼前一棵高大的合欢花树摇曳生姿，一派安详温暖的景象。

因为二十世纪那场著名的战役“百团大战”和在那场战役诞生的“将军救孤”的佳话，作为总指挥部所在地的洪河漕村，吸引了我们的脚步。

一路缓缓行走，我们来到了位于村子高处的“百团大战前线指挥部旧址”。在旧址前，我们见到了管理百团大战纪念馆、八十二岁高龄的退休干部李化璟先生。

总指挥部是一个小小的农家院，石头砌就的房舍和院落干净整洁。北上房三开间，屋前一棵石榴树枝高叶繁，结满了红石榴，树下有一张刻有楚河汉界棋盘的石桌。西屋旁高大的梨树，拳头大的梨子把枝条压弯了腰。李化璟老人自豪地说，百团大战是聂荣臻元帅下的一盘高质量的棋，这盘棋聂帅就是在这里下的。

北屋西间的墙上，挂了一大幅“百团大战”示意图。条桌上有聂帅用过的马灯和油灯。木质的窗棂上，糊的还是白色的茅头纸。土坑、火灶、小木桌、通向山后的地道，一切都保留着原样，我们仿佛伸手可触那些子弹呼啸、炮火遍地的战争岁月。

百团大战是抗日战争期间，我军主动发起的一次规模较大的战役，这次战役使日军在华北的主要铁路、公路受到广泛破坏，井陉煤矿被彻底破坏，日军哀称此役为“挖心战”。这次战役沉重打击了日军的“囚笼政策”计划，鼓舞了抗日军民的士气。这些讲解令人热血沸腾。我记起聂帅在八十五岁高龄时写下的诗句："潇潇夜雨洗兵马，殷殷热血固金瓯。"他"敢举烽烟解国忧"的豪情，令后人景仰和怀念。

在北屋东间的门上，刻着一副对联："一代名将救孤女，千秋佳话留人间。"攻打井陉煤矿的战斗中，战士们救出了两个日本小女孩美穗子姐妹，在聂帅的指示下，她们被送到总指挥部洪河漕村。聂帅对两个孩子关怀备至，亲自为婴儿寻奶妈，为小女孩喂稀饭，悉心照料。两日后，他亲笔写了一封信给日本官兵，几经辗转，将她们送还日军。

在旧址院外的开阔地上，立有一块刻着"聂荣臻将军送孤处"的石碑，那张聂帅送别日本小姑娘的珍贵照片就是在这里拍的。岁月苍茫，几十年过去，石碑已有了风化的痕迹，但历史的印记依旧鲜明。

半坡处新建的"百团大战美穗子获救井陉·都城友好纪念馆"，是中日双方共同出资兴建的。1980 年至今，幸存的美穗子共来华六次。2002 年来到洪河漕村进行"谢恩"时，她一力促成了新馆的建成。院内竖有聂荣臻元帅拉着幼小的美穗子的汉白玉雕像和"聂帅救孤纪念碑"。馆内资料翔实，图片和实物详细记录了日军侵华期间在井陉地区烧杀抢掠令人发指的暴虐行径以及百团大战的来龙去脉，我们一行人为之深深震撼。

在二楼的展厅里，摆放着当年聂帅用过的办公桌椅和护送美穗子姐妹的挑筐。杀戮和施救，这样鲜明的对比，恰好印证了孟子之言：仁者无敌。

走出纪念馆，我们把战争的硝烟关在身后。站在此处向四周望去，天空湛蓝，青山苍翠，心情顿觉明亮。我们深切地体会到，这样阳光明媚、平和安详的生活，是千万先烈抛头颅洒热血换来的，来之不易，弥足珍贵。

1．请根据你的理解分析结尾段落在全文中的意义和作用。

2．谈谈你对题目的理解。

3．请解释“弥足珍贵’的“弥”的意思。

4．下面画线的句子，用的是什么修辞方式？有什么作用？

百团大战是聂荣臻元帅下的一盘高质量的棋，这盘棋聂帅就是在这里下的。

参考答案：

1．结构上：总结全文，照应题目。

内容上：深化中心，表达了作者对革命烈士的崇敬和赞美之情，以及对今天和平幸福生活的热爱与珍惜之情。

2．“殷殷热血固金瓯”，引用聂帅的诗句为题，是指百团大战是抗日战争中一次保国卫家的战斗，无数革命先烈和战士用鲜血保卫国土完整。金瓯，金的盆盂，比喻国家完整的疆土。

3．“弥”是十分、非常的意思。

4．运用比喻的修辞，生动形象地写出百团大战指挥的成功，表达出对聂帅的敬爱与赞颂之情，以及对家乡的热爱与自豪之情。

过我眼，即我有

① 去苏州的时候，正是雨润烟柳轻的季节。

② 沿苏州河的一条小街缓缓行走，空气中有淡淡的凉意，青石板的小巷子，白墙灰瓦，屋角下经年的苍苔，呈现出不同层次的黛青，恍若树木的年轮。三三两两的小店散落其中，偶有游人，如我一般左右盼顾，想必也是喜欢这苏州城的韵味。古老的城，必要入其幽深处，方能探到它久远的气息。

③ 这样的时刻，鲜有嘈杂。

④ 一扇院门“吱呀呀”地开了，随着花白头发的老太太走出来，一起飘出来的，还有绵软婉转的苏州评弹。

⑤ 一家店铺，挂了大大小小的团扇在门口，扇面是清一色的丝织品，大的是古朴典雅的山水印花，小的巴掌大小，是梅兰竹菊印花，还有的状若荷叶，扇面有精美的刺绣，红梅绿萼，叫人爱不释手。挑了三五把放入行囊，抬眼一搜，竟发现一对龙凤床钩和一件漆盒静卧角落。

⑥ 拿起来端详，那龙凤床钩是铜质的，龙飞凤舞，铸造得十分精美。可能是原来使用过的缘故，在弯钩处，露出温和的黄色铜质。那件漆盒，只有碗口大小，色黑红，盖子上有浮雕的牡丹花，盒体上亦有花叶繁复的雕花。这可能是一只首饰盒吧，不知传了几代人，它的包浆温润沉静，即便是在这样昏暗的角落里，依旧有种不可言传的高贵气度。

⑦ 店主是位女子，她只是悠闲地整理着货品。问到这只漆

盒和那对龙凤床钩，她抬眼看了看我，迟疑了一下，方说是家传的。问及价格，那对床钩要两千元，而那只漆盒却要八千元。

⑧ 我微微一笑，心想：这该又是一次惊艳的邂逅。

⑨ 于我辈而言，对这些古物，向来心存敬畏。一来没有辨别真伪的能力；二来虽然喜欢，但要真的花大把银子置于家中，却是不肯。毕竟解决温饱，才是生活的首要问题。这似乎有叶公好龙之嫌，可是，当个叶公也没有什么不好。尽可饱享眼福，尽可展开想象，那每一件器物后有多少故事。喜欢，也仅限于喜欢。没有太多的欲望，就少了那些拥有的烦恼和担忧。

⑩ 这漆盒在我手中摩挲半日，终于交还给主人。

⑪ 过我眼，即我有。拥有并不只是物质形态上的。更多的时候，对那些偶然相遇的美好，只是惊鸿一瞥，却往往记忆犹新。

⑫ 出了店门，我仍然回头张望了一会儿。

⑬ 此刻，苏州的天空仍然细雨霏霏，走过小桥，经过长长的一段路，再拐一个弯，高楼、车流、行色匆匆的人群，都市的气息一下子涌了出来。一个瞬间，仿佛有时空交错的幻觉。

⑭ 也许这一生，只有一次机会来苏州。苏州有许多美丽的地方，而这只漆盒却是我最清晰的苏州记忆。

1. 为什么这只漆盒是“我”最清晰的苏州记忆？

2. 文中的“我”是怎样的一个人？

3. 分析文章题目“过我眼，即我有”的含义。

4. 第 ④ 段属于什么描写？有何作用？

参考答案：

1. “一只首饰盒，不知传了几代人，它的包浆温润沉静，即便是在这样昏暗的角落里，它依旧有种不可言传的高贵气度。”作者对古物向来心生敬畏，这件漆盒让作者饱享眼福、遐思无限，也被这故事所迷住，从中明白了人生道理，这件漆盒成为了苏州最好的代名词。

2. 文中的“我”是对人生有着独特思考的，有思想、有情怀的文人墨客。

3. “过我眼，即我有”，富有深刻的禅意。对于美好的事物，拥有不一定是物质形态上的占有，而是内心对美的欣赏和追求。

4. 运用了细节描写，生动地写出了门开时的情景以及老太太走出时的动作，细腻地表现了苏州评弹中的韵味，以及那其中所包含的文化与历史，表达出作者对江南的热爱之情，让人回味无穷。

融合与拿来

① 读到一篇文章《从中央电视台的 CCTV 说起》，有人对我们国家学习英文的态度表示质疑。文章说：“英语文字日渐进入了我们的生活，并蚕食了很大的空间，对我国传统的中文文化形成了极大的冲击。”并对此可能形成的后果忧心忡忡。

② 事实上，在世界大一统的今天，传媒的多样化已经使东西方文化有了更多的交流。我们学习英文和各国学习中文，都是为了更深入地了解彼此间的文化生活。

③ 纵观历史，每一种文明的消失，不外乎两种情况。一

种情况是外族的侵入，迫使被侵略者改变语言，使被侵略民族文明湮灭，比如古埃及文明的消失；另一种情况是不可抗拒的外力的影响，使整个民族生命消失，文明亦随之消失，比如古玛雅文明的消失。

④ 一种文明的生命力，不仅仅在于对它的守候，更多的是看是否能够学习其他文明的精髓，是谓“拿来”；还要看是否能把其他文明的精髓与本民族文化融会贯通，变他有成己有，使本民族的文化更加发扬光大，是谓“融合”。

⑤ 世界四大文明古国，现在只有我们中华文明被传承下来并发扬光大。除我们的文明博大精深、源远流长之外，最重要的一个原因，就是我们这个民族善于拿来与融合，使我们的文明更具生命力和活力。

⑥ 说到这里，不得不提一个人，那就是清高祖努尔哈赤。他对中华传统文化的延续，起到非常重要的作用。

⑦ 满清入关前，后金使用的文字是满文，信仰的是萨满教。满文是由努尔哈赤主持创建的，满文的创立，不仅在东亚文明史上，甚至在世界文明史上都有非常重要的意义。就是这样一种重要的文字，满清入关后，努尔哈赤并没有勒令中原汉人停用汉字、普及满文，而是下令让八旗子弟学汉书，办汉学，请汉人学者讲学，并翻译了四书五经等经典书籍，生活与文化都进一步汉化。这样做只有一个原因，即他被我们中华文明的博大精深所折服了。

⑧ 满文同西文一样，属拼音文字，当西方人来到中国时，是先学习了满文，然后将满文版的四书五经翻译成西文，再传到西方的。所以说我们将中华文明推向世界，这其中满汉文化的融

合起到了重要作用。

⑨ 我们不仅要看到本国的英文潮，也应该看到现在世界各地的中文潮。孔子学院在各国遍地开花，这是中西方文化碰撞的必然结果。如果说因此而派生出其他贪污或腐败的现象，究其根本，好像与学英文没什么直接的因果关系吧。

⑩ 至于将来会不会形成一种文化上的侵略，这就要看哪种文化更具生命力。任何形式的文明都是形而上的东西，也是有斗争、有生命力的。所谓适者生存，那些更具生命力和活力的，最终会流传下去。事实证明，世界四大文明古国，只有中华文明顽强地生存下来，并仍具有勃勃生机。

⑪ 应该说我们是幸运的，有这么丰富而源远流长的文化，让我们的精神世界充满了光明，那么我们需要做的，就是把我们如此优秀的文化传承给我们的后代，并使它发扬光大。

⑫ 不用害怕有别的文明进入我们的视线，中华文明是一座大的熔炉，会把杂质熔化，吸收其他文明的精髓，并将之融合，我们的文明才更具有生命力和活力。

⑬ 这才是真正意义上的关注。

1. 谈谈你对题目的理解。

2. 你是如何理解下面画线句子的含义？

任何形式的文明都是形而上的东西，也是有斗争、有生命力的。所谓适者生存，那些更具生命力和活力的，最终会流传下去。

3. 从论证方式看，这是一篇驳论文，作者的观点是什么？

4. 概括第 ⑦ 自然段内容，并说出其在文中所起的作用。

5. 请用一句话概括文中的事实论据。

6. 作者说“最重要的一个原因，就是我们这个民族善于拿来与融合，才使我们的文明更具生命力和活力”。请根据所学历史知识，为它补充一个事实论据。

7. 文章结尾说“这才是真正意义上的关注”，“这”指代什么？

参考答案：

1. 一种文明的生命力，不仅仅在于对它的守候，更多的是看是否能够学习其他文明的精髓，是谓“拿来”，其次是否能把其他文明的精髓与本民族文化融会贯通，变他有成己有，使本民族的文化更加发扬光大，是谓“融合”。中华文明是一座大的熔炉，会把杂质熔化，吸收其他文明的精髓，并将之融合，我们的文明才更具有生命力和活力。

2. 中华文明是最具有生命力和活力的，这样的文明会得以传承下去。

3. 我们学习英文和各国学习中文，都是为了更深入地了解彼此间的文化生活。

4. 满汉文明的融合，推动了中西方文化的交流。说明“拿来”是必要的，“融合”起了重要作用，进而论证中心论点：中华民族善于“拿来与融合”，这是中华文明生生不息、源远流长的重要原因。

5. 清高祖努尔哈赤入关后，下令让八旗子弟学汉书、办汉学，请汉人学者讲学，对中华传统文化的延续起到非常重要的作用。

6. 南北朝时期出现民族大融合，北方人民南迁江南地区，带来劳动力和先进的生产技术，促进了江南的开发。

7. 不用害怕有别的文明进入我们的视线，中华文明是一座大的熔炉，会把杂质熔化，吸收其他文明的精髓，并将之融合，我们的文明才更具有生命力和活力。

你是幸福的，我就是快乐的

早晨，接到你打来的电话。你说："昨夜梦到你了。打个电话，问候一声。"

我轻轻笑了笑，没有说话。

很久了，我们很少打电话。偶尔的问候，也都客气地寒暄着。我只是惊异着，我还会在你的梦境中出现。也许是偶尔的记忆，不知怎样撞到了些往昔的碎片，才会有这些梦出现吧。

"最近怎么样，忙吗？"你问。

"哦，还行。"我答道。

"前几天没等到你的电话，还以为会收到你的问候呢。呵呵，忘啦？"你在电话的那头笑着说。

哦。你的生日，真的是忘记了，而且不是你提醒，可能真的就忘得一干二净。

查一查日历，是三天前。

我有些不好意思。毕竟你问起，毕竟我曾那么长久地记住有关你所有的细节。

岁月原来真的可以带走许多东西。

很久很久以前，大约是二十世纪的事了。每年的这个日子，是我最重视的日子。我会在台历上写下"生日快乐！"然后把它撕下来，贴在我的日记本里。那些苦涩的日子里，只有想起你，才会觉得有希望，才会让我振作起来，为的只是某一天，你出现在我面前，我仍是那么光彩照人，仍是让你爱得不后悔的女人。

想起那些精致的信封。一页页被我精心地绘了画，题了诗，折成封，用丝带扎了蝴蝶结，封存了那么多年。它是完整地走的，回来时却伤痕累累，信封被撕成犬牙状。我的心抽搐着，为这些美丽。

终于将那些信都烧得干干净净。只留下了那些信封，像一只只蝉蜕，夏天的鸣叫早已远去，而形状依然。

从此后，这伤藏在角落里，几乎被我遗忘。

一个世纪就这样过去了。这一年的夏天，你的突然到访唤醒了我沉睡的疼痛，束之高阁的往事又一次被打开。我淡淡地诉说着往事，而你却有了深深的感动。

但在我看来，你我已是熟悉的陌生人。青春不再，往昔亦不再。

那个夏天，我独自回了一趟学校。离开那儿十五年了，原来那个绿荫匝地、青砖灰瓦的校园已不复存在，曾经读书的教室已盖起了高楼。教室后我亲手栽下的樱花树也消失了，只有楼后的铺满鹅卵石的小路还在。走在这熟悉的小路上，心怦怦地跳着，眼睛刹那间就酸酸的。

百感交集。

我青苹果般的岁月，我如水晶般的情感，已经永远留在了这里。

我忽然明白了，世间万事皆讲究机缘。错过了生长的阳光和季节，便不再有开花结果的机会。从此以后，我再也没有记起你的生日。我知道，有一些东西我真的放下了。

原以为刻骨铭心的爱，终究是永远的痛。但岁月会让一个人的心老去，带走一些无法磨灭的痕迹。我从来没有怀疑过自己的真情，但那些真情却只属于过去了。

我知道你现在过得很好，很幸福。对你，我没有任何牵挂。我知道，在你生日的时候，会有爱你的妻子和儿女为你记着，为你做一碗长寿面。他们的祝福，对你来说，才是最重要的。

你是幸福的，我就是快乐的。发一条短信给你：请相信，忘记，意味着新的生活开始。请为我祝福。

1．文中的“我”是一个怎样的人？

2．“忘记，意味着新的生活开始。”你是怎样理解这句话的？

3．结合语境，分析文中画线句子的表达效果。

4．文中用了两个“世纪”，请解释一下这两个“世纪”有什么不同？

5．作者说“岁月原来真的可以带走许多东西”，请结合全文内容说说都带走了什么？

6．请赏析“只留下了那些信封，像一只只蝉蜕，夏天的鸣叫早已远去，而形状依然”这句话。

7．“百感交集。”独立成段，请揣摩一下作者的心里包含怎样的情感？

8．在结尾“发一条短信给你：请相信，忘记，意味着新的生活开始。请为我祝福。”请你为她发一条祝福短信。

参考答案：

1．“我”是一个热爱生活，向往美好的女子。

2. 从过去的感情中走出来，积极向上，热爱生活。

3. 运用排比的修辞手法，细腻而强烈地表达出女孩写信的认真，以及对美好爱情的珍惜和向往之情，很有感染力。

4. 世纪，一个世纪是一百年，这里形容时间之久。第一个“世纪”是说自己已经走出伤害，早已忘记；第二个“世纪”是说伤害之痛，久久不愿想起。

5. 忘记了你的生日，忘记了与你有关的细节，忘记了那些精致的信封，忘记了曾经刻骨铭心的爱，忘记了疼痛。

6. 运用比喻和拟人的修辞，生动形象地表达了作者想忘记过去刻骨铭心的爱的情感。

7. 作者回到校园，触景生情，回忆起过往的酸甜苦辣、百般滋味，内心感慨万千。

8. 时光荏苒，岁月静好，现世安稳！

愿你被这世界温柔以待！

茶香曼妙

倒掉昨日的旧茶，洗杯，温杯。

桌上，有七八只茶桶整齐排列。说茶桶，实在是夸张，不过都是些只能装一两茶叶的纸质小桶。有去年冬天余下的武夷大红袍和十年以上的普洱；有只喝三泡的白茶，适合简短的茶事；有含矿物质丰富的青萝，长期在电脑前工作，泡一杯最合适；有朋友新馈赠的明前龙井，一芽一叶，堪称极品；还有前几日淘来的上品碧螺春和白雪公主。

陶瓷的茶杯，小小的，相当于一杯盖碗茶的容水量。大约六七年前，在店铺里遇到它的时候，心中只有两个字——惊艳。它杯外的颜色是浓浓的靛蓝，像是一个人对另一个人的爱，浓到化不开。杯内是杏黄色，明丽而内敛，透着一种成熟的美。这两种颜色搭在一起，俨然一对手挽手的恩爱夫妻，男子大气，女子端庄，想不抢眼都难。对它的设计者，我实在是佩服至极。这样大胆的用色，必是内心十分跳脱之人。

因是夏日，偏爱香气轻雅的花茶，挑了盛碧螺春的茶桶，取十几粒。倒入少量开水，洗茶，再倒开水冲入。蜷成螺状的茶粒，宛若熟睡的女子，在水中徐徐醒来，伸个懒腰，修长的身姿尽显。

不过一页书的时间，便有满室茶香氤氲。

“碧螺春”，口中不自觉地念了一下，突然咂出几分情意绵绵的味道。灵隐山下，一位名叫碧螺的灵秀女子，带着江南的春天味道，千里迢迢，与我共赴这个夏日的约会。

美丽的茶杯，美丽的茶香，美丽的心情。

于是，这个炎炎夏日，因为这样的心思转念，瞬间变得曼妙起来。

1. 诵读全文，简要概括本文所写的几件事。

2. 结合具体语境，赏析文中加横线的句子。

3. 本文表达了一种怎样的情思？

参考答案：

1.（1）“我”丰富的茶叶收藏；（2）“我”精美雅致的茶杯；（3）夏日品碧螺；（4）由碧螺引发的联想。

2. 运用拟人的修辞，把碧螺春茶当作一个江南女子来写，巧妙而生动地写出茶之美，表达出作者对茶的喜爱与赞美之情。语言优美，引人遐思。

3. 本文借碧螺春茶香曼妙，抒发了作者对茶的喜爱，以及对美好生活的向往与追求。

有谁曳杖过烟林

常常一个人。

也许是在灯红酒绿间，葡萄美酒夜光杯，笙歌彻夜，但这寂寞仍会穿过金碧辉煌的阻挡，如影魅贴身而来。刹那间，这世界安静下来，静得可以听到自己的呼吸和心跳。

一个人，就这样守在自己的城堡。任春花秋月，只当是园外的风景。

著名奥地利小说家斯蒂芬·茨威格的小说《一个陌生女人的来信》中，女人爱着这个男人，用了一生的光阴，而这个男人毫不知情。光阴渐逝，当女人韶华尽逝，告诉他时，他亦茫然。

歌德亦说：我爱你，但与你无关。从头至尾，爱情只是自己的事情。从花开到花落，尝尽生活百味，却从始至终只是一个人在和自己作战。

《红楼梦》中，林黛玉会为了宝玉给湘云使了眼色而怄气，会因为宝玉的丫鬟不给她开门而黯然伤神。她从来不会如湘云一般快人快语，爱或恨，都是用了眼泪。宝玉来劝，她亦说：“与你何干？”长夜难眠，烈火焚心，一直在烧。患得患失，始终是自己的心在煎熬。

不停地寻找，到头来却发现，自己找的不过是自己的影子。

“寂寞西郊人到罕，有谁曳杖过烟林。”心中藏有一个锦绣江山，因为极爱，不肯招摇，鲜有足迹到访。

大凡这样的世界，最多的便是寂寞。不为别的，只为“弦断有谁听”。

这种寂寞，不仅仅是小众的。于每个人心中，都有这样的一个角落吧。只不过，有人一生从不明白为何寂寞，有人却一生为之守候。

这样的守候，向来是自觉自愿的。因为不肯迁就，所以不会因为孤独而放弃守候。

想来，这是多么有趣的事情。城外，人群熙熙攘攘；城内，城门紧闭，一片寂静空旷。自己就坐在这城头上，日日看世人来来往往，悲欢离合，却与己无关。

光阴，就在这样的守候中，成为流年。

1.“寂寞西郊人到罕，有谁曳杖过烟林”这句话出自哪个作品？联系文章内容，说说你的理解。

2.“自己就坐在这城头上，日日看世人来来往往，悲欢离合，却与己无关。”句中的“日日”两字可以去掉吗？为什么？

参考答案：

1. 张宜泉《和曹雪芹<西郊信步憩废寺>原韵》。这首诗原指住处比较幽静偏僻，没有什么人路过拜访。在文中指知音难觅的孤独寂寞的心境，也含蓄表达出尽管知音难觅，但“我”仍留有自己的一方天地，有超然脱俗的品格。

2. 不可以去掉。“日日”两字的意思是每天，表示频率高。这两个字细腻地写出了“我”面对红尘喧嚣仍然保持着清醒，突出身在红尘、心已出尘的高洁品格。

大美涿州：锦灰堆

青林留在祠宇

①提起元好问，自然想起他那首广为流传的《摸鱼儿·雁丘词》：“问世间，情为何物，直教生死相许？天南地北双飞客，老翅几回寒暑。欢乐趣，离别苦，就中更有痴儿女。”与之齐名的另一首《摸鱼儿·楼桑村汉昭烈庙》，其中所写的汉昭烈庙，则是指位于河北省涿州市楼桑村的三义宫。

②三义宫是为纪念刘备、关羽、张飞桃园结义而建的，它始建于隋代，唐、辽、元、明、清几代均有修葺，距今已有一千四百多年的历史。明正德三年（1508年）武宗皇帝朱厚照亲赐玺书“敕建三义宫”。

③“问楼桑、故居无处，青林留在祠宇。荒坛社散乌声喧，寂寞汉家箫鼓。春已暮。君不见、锦城花重惊风雨。刘郎良苦。

尽玉垒青云，锦江秀色，办作一丘土！”这首词，与元好问当时的心境有关，作此词时，大金灭国，诗人内心满是荒凉意。

④“西山好，满意龙盘虎踞。登临感怆千古。当时诸葛成何事，伯仲果谁伊吕？还自语。缘底事、十年来往燕南路？征鞍且驻。就老瓦盆边，田仇共饮，携手醉乡去。”朝代兴衰与更迭，鹿死谁手，都不以个人的喜好为转移，无奈的诗人，只好一醉解千愁。

⑤我们到达三义宫的时候，并没有看到这块碑刻，元好问的这首楼桑词，碑石原镶嵌于三义宫马殿西次间窗下的墙壁中，现在已成为省级文物，被涿州市文物部门收藏保护起来。此刻的三义宫，桃花虽已落，楼桑春社尚未开社，但千株青竹，郁郁葱葱，绿意满目，生机勃勃，叶生锋利，叶枯不落，风过摇曳，曲而不折，自有一番清寂。

⑥三义宫内，我与风飞扬一同游览。她着一袭雨过天青色的改良宽松旗袍，旗袍与白色阔脚长裤均是薄薄的棉麻，在春风中一路走来，步步生莲。她是秋水明月般的女子，她的文字与人一样，书香氤氲，飘逸出尘。我与她相识十年，相见甚少，却是相亲相爱的朋友。对于彼此的情谊，她是这样说的：“我和她，可以隔着山隔着水取暖。我和她，见，如故；不见，亦无三秋。”这样的遇见，没有时时刻刻的黏腻，却有着知己般的了然。于我，于她，都恰到好处。

⑦我们一起去看另外两块著名的碑石。三义宫的“风雨竹碑”为图文碑，由竹叶组成一首五言绝句：“不谢东君意，丹青独立名。莫嫌孤叶淡，终久不凋零。”据说此画为关羽身陷曹营时绘制，以诗明志。“风雨竹碑”的原碑同元好问楼桑词碑一样，

被保护收藏在涿州博物馆，我们在大殿外只看到复制的碑石。新制的物件，看上去总是生硬。倒是明正德年间重修三义宫时所立的“九龙碑”是原物。五百多年的风雨，让冷冷的石头褪去清冷，生出些绵绵的古意；穿云的五爪龙，依然精美威严；碑石上的文字，穿过时空，到达此时此刻，亦多了些风尘仆仆的味道。“义”字的诠释，不因时间的流逝而淡去，义薄云天，依旧是这个时代里弥足珍贵的高尚品德，得以不断传承和丰富。

⑧ 结义石被草庐所庇，很多人在此结伴合影留念，期望结义石能给自己带来真正的兄弟和好运。远远地，看着一群人从结义石边散去，另一群人又围上去，我和飞扬彼此会心一笑，携了手缓缓离开。

1. 文中引用元好问的词，其用意是什么？

2. 文章第 ⑥ 自然段为何写“风飞扬”？作者这样写的用意是什么？

3. 文章最后一段运用了什么手法？有何作用？

参考答案：

1. 引用元好问的《摸鱼儿 · 雁丘词》，为了引出与之齐名的《摸鱼儿 · 楼桑村汉昭烈庙》，激发读者的阅读兴趣。

2. 第 ⑥ 自然段写“我”与朋友风飞扬从相识到相知的过程，更加突出了“我俩”弥足珍贵的友情，隐含了对“义”的理解。同时与结尾一段形成呼应。

3. 运用对比手法，更加突出了“我”和飞扬彼此间的默契和珍贵友情，表达出对“义”的理解：真正的义，不在于形式，而在于内心，在于对义的践行。

已觉悦心好

四月，涿州清行宫，槐花如雪，落了满地。一进垂花门，槐花的香便兜头兜脸地扑了过来，甜丝丝的。槐荫蔽日，正午的热气刹那间就融化成习习微风，令人舒爽。

迎面而来的巨大的假山石挡住了视野，这是中国园林建筑中常用的“挡”，起到聚气、曲径通幽的作用。山石周边与空隙处皆生有高大的槐树。假山石下有两个小洞可穿行而过，细细的鹅卵石铺成小路，穿过右侧洞口，有一棵巨大的紫藤，盘转扭结，与假山石上的大槐树相依相生。我仔细看了一下古树的身份证标牌，二者的树龄皆为 254 年。

乾隆有一首专门写涿州行宫的诗：“千山远作屏，一水清而抱。阶墀足松石，节棁无山藻。省方活静憩，汲古资幽讨。不独客滕安，已觉悦心好。涿鹿正南面，塔影秋云表。”从诗句中可看出，当年的行宫并不奢华，而是以幽静怡人为上。远山如屏，涿水环抱，近前环境幽雅，亦可览胜景“双塔晴烟”，自然“已觉悦心好”。

现存的涿州行宫，没有我想象中的宏大。假山石后只有一个小小的四合院，坐南朝北为行宫正殿，东西配殿面积亦不大。据史料显示，行宫始建于明嘉靖年间，为原药王庙东的保庆寺。乾隆十六年（1751 年）为迎乾隆南巡，改保庆寺为行宫。当时的行宫布局，中路为行宫主体建筑，沿中轴线由南向北依次为宫门、二门、假山、正殿、亭、游廊、丘山、花园等。左路为太后宫，右路为皇后宫，两路又各有殿、阁、轩、楼等建筑。

非常可惜的是，行宫大部分建筑在1978年时遭拆毁，虽然省、地区文保部门多方阻止，仍没能制止当时拆毁的行为。如今，宫门不存，直接由二门（即垂花门）而入，仅存正殿主体、假山为原物，连正殿的门窗都已被拆毁，我们看到的门窗也只是仿制品。由于北京市良乡黄新庄行宫已毁，涿州清行宫就成为京南第一处存有主体建筑的皇帝行宫。

痛心之余，不禁想到梁思成曾在北京旧城拆除时痛哭不已，他撰文称："拆了北京的城墙，拆了北京的城楼，就像挖我的肉，削我的皮。"这些历经千百年精美的建筑，被人为损毁，的确是整个中华民族建筑文化之痛。

比起乾隆的其他行宫，涿州行宫的确简素。正殿为常见的硬山式建筑，而不是常用的歇山式或庑殿顶，这也印证了乾隆的诗句"节棁无山藻"。只有正脊上精美的游龙瓦饰和"正大光明"的瓦雕，以及垂脊上的祥云瓦饰，显示了这是皇家御用。正殿内的大梁多有彩绘，应为原物，因殿高色暗，看不清上面彩绘的内容，隐隐看着有三国故事等图景，用手机相机拉近，亦无法清晰分辨。正殿的匾额为"绣野迎薰"，对联为"春色芳菲入图画，化机活泼悟鱼鸢"，据载都是乾隆御笔，用的也是极为考究的谢公笺。西暖阁为书房，有匾额"天道钦崇"，对联为"皓月空悬心镜明，妙云拥抱智珠商"。

行宫的西北角建有碑廊，里面放着很多碑石和经幢的残部。最早有元代的，清代居多。流连在这些残破的碑石中，仿佛触摸到岁月的碎片，令人生出无限的惆怅。

1．请用简洁的语言写出作者的游览行踪。

2．作者认为“悦心”的是什么？

3．文章多处引用对联与诗文，有何妙处？

参考答案：

1．假山石——小洞——四合院——碑廊。

2．环境幽静怡人，古迹保存尚好，国家对名胜古迹的保护意识强。

3．用来点题，营造古雅氛围，彰显文化底蕴，表明古迹保存的价值所在。同时，吸引读者阅读的兴趣。

微光中的深美

涿州被称为“天下第一州”，来源于乾隆皇帝的御笔亲题“日边冲要无双地，天下繁难第一州”。因紧临京城，所以历史上的涿州，经济、文化都很发达。马可·波罗在《马可·波罗游记》中写道：“沿途皆见有美丽的旅舍、美丽的葡萄园、美丽的田亩和美丽的水泉，行毕，然后抵一大而美丽之城，名曰涿州。”马可·波罗一连用了四个“美丽”来描写涿州，最后将其归论为“大而美丽之城”。

在涿州博物馆，印象深刻的是众多精美的青铜器具、铜制钱币、陶器、碑石和经幢。从汉到唐，各朝代的铜镜花纹繁复、线条流畅，“长宜生子”连弧纹镜、“日有喜”云气规矩镜、“瑞兽葡萄纹镜”、“缠枝宝相花镜”等，近百十件铜镜摆放在展柜中，让人眼花缭乱。汉代的陶器，有小巧可爱的绿釉陶灶和灰陶猪圈，造型优美的陶苍鹭，还有堪称镇馆之宝的彩绘陶神灯和陶镜台，无不反映了当时的经济文化水平和人们的生活状态。有陶必有瓷，馆中所藏瓷器不多，多为元代器物，有影青釉的高足杯和钧瓷碗等。钧瓷是五大名瓷中最妖魅的瓷器，所谓“入窑一色，出窑万彩”。元代的钧瓷相比宋代钧瓷来说，釉厚欠匀、色暗而多棕眼。元代钧釉多数为窑变彩斑釉，少数为窑变单色釉，但是青蓝色釉面没有宋钧那样的滋润。馆中所藏的元钧，品相已算不错的。

在“石艺通灵”展厅，碑石、经幢林立，其中高大的岐沟天王院经幢最为引人注目。岐沟天王院经幢，亦称“金像幢子”，建于辽代咸雍年间（1070年），幢身为八棱状，通高5.7米，由上而下分别雕刻着瑞兽和佛教故事，幢身雕有五十五尊佛像及幢铭。二十世纪五十年代，经幢构件失散，1990年又幸运地找到失散的构件，如此今天我们才能够看到它的全貌。昏暗的灯光下，一块石刻引起了我的注意，标牌上面标注着“西汉·龙凤纹画像石”。细细观摩，只见龙飞凤舞，穿行于云中，画面铺满石块，线条细腻流畅，形态优雅。比起那些严肃的碑文和经幢，这样的美，更让人记忆深刻。

涿州名人辈出，从三国时期的刘备、张飞到宋太祖赵匡胤，从《水经注》的作者郦道元到诗人卢照邻、贾岛，无不是历史长河中烁烁闪亮的名字。

“颠倒横斜任意铺，半页仍存半页无。莫道几幅残缺处，描来不易得相符。”这是描写涿州非物质文化遗产“锦灰堆”的诗句。匆匆一日，这些诗句，仿佛契合了我对涿州的印象。虽只是片纸微言，但管中窥珠，那些光芒穿越时空，让那些宏大的美照亮了每个人的心，久久不能消散。

1. 文中最后一段运用了哪些修辞？有什么作用？

2. “涿州印象”指的是什么？请结合文章内容概括。

3. 文中画线句运用了什么表达方式？请概括其内容。

4. 文中最后一段运用了哪些修辞？有什么作用？

参考答案：

1. 用了两种修辞方法。

引用：表达出作者对涿州的印象，用语典雅，很有文采，富有感染力。

比喻：将涿州比作明珠，生动形象地表达出涿州之美，以及作者对涿州的喜爱与赞美之情。

2. 风景秀美，收藏丰富，文化厚重，历史悠久，名人辈出。

3. 说明的手法，具体准确地说明了岐沟天王院经幢的称谓、修建年代、形貌与雕刻内容等。

4. 最后一段运用了引用和比喻的修辞手法，生动形象地描写了涿州非物质文化遗产的艺术魅力，表现了对涿州是赞美及喜爱之情。

秋意仙台

① 因写过一篇《绿意仙台》，当时未能登上仙台山，留了一点遗憾，所以朋友再次相约，去仙台山看红叶。

② 车沿着崎岖的山路向山里行进，颠簸了大约有半个小时，一个急转弯后，车上有人惊呼了一声：“看！红叶！”所有人的目光一起望去，只见远远的、高高的仙台山上，一簇簇红叶在蔚

蓝的天空下格外醒目。

③ 沿羊肠小径向山上攀登。

④ 山路很陡，从“护国院”向上爬了不久，大家已是气喘吁吁、大汗淋漓。只见坡上两株柏树一左一右，如迎宾的侍者恭候游人。“迎宾柏”下有一个较为平坦的山坡，坡的两边长满了一树一树的红叶，残留的绿意夹杂其中，灿烂极了。秋天的气氛浓浓地弥漫在整个仙台山。大家纷纷在此拍照，我趁机休息了一会儿。

⑤ 抬头望一望天，蓝得让人沉醉。偶尔的白云，悠闲地挂在山尖儿，和山上的绿树红叶遥相呼应。真是美得让人不舍眨眼。

⑥ 仰面向上望去，“迎宾柏”身后是突兀而起的“揽秀峰”。由于山路回环曲折，反而看不见登峰的路。

⑦ 过了“迎宾柏”有一段下坡路，大家嘻嘻哈哈地走过去。一拐弯，山势陡变，山路只剩下细细的一条挂在峰顶。山路一边是深谷，另一边紧贴崖壁，窄窄的台阶仅能只身通过，因路形似一柄巨大的长戟，所以名曰“战戟道”。大家不再嬉笑，小心翼翼地沿着“长戟”往上爬，正如东汉应劭引马第伯《封禅仪记》中所形容：“两从者扶掖，前人相牵，后人见前人履底，前人见后人顶，如画重累人矣。”因平时有惧高症，我只觉得心慌腿软抬不起脚，出了一身冷汗。幸亏前有同伴拽着，后有同伴推着，战战兢兢地终于登上了峰顶。

⑧“揽秀峰”是仙台山的最高峰，站在峰顶俯瞰四周，只见红叶与绿树覆满了大大小小的山坡，像是一幅大写意的国画。美景在目，顿觉风清气爽，一扫方才的狼狈相，心情十分畅快。

⑨ 仙台山的红叶不是枫树，它的学名叫“黄栌”，叶子大多是圆形或椭圆的。一到秋天，叶子便由绿而橙，经霜，由橙红而

深红，直至叶落。

⑩ 仙台山的景点有百十来处，其中比较有名的有“南松北柏”和“刘秀洞”。仙台山内有大片原始次生林，分布极有规律，南山的森林生长的全是松树，而北山生长的全是柏树。这一奇观并非人为，而是天然的，让人不禁赞叹大自然的神奇造化。

⑪ 在山顶逗留了一会儿，我们下山前往“刘秀洞”。相传当年刘秀被王莽追至山下，刘秀慌不择路，沿一条小径向山里逃去。路到尽头，只见三面峭壁环绕，已无路可逃。紧急之中，刘秀发现峭壁之上有一山洞，就爬进洞内躲藏。王莽追至洞下，正要命人进洞搜寻，却见一张巨大的蜘蛛网封住了洞口。王莽心想：“若有人进洞，蜘蛛网定会破落，不会如此完好。”所以断定刘秀没有藏在洞内。刘秀安然脱险。

⑫ 传说总归是传说，到达“刘秀洞”后，我们并没有看到刘秀留下的痕迹，却有大自然鬼斧神工的杰作——美丽的石钟乳。洞内还有明代所遗留下来的摩崖石刻，古朴苍劲。石钟乳酷似一朵盛开的莲花，巨大的花瓣层层叠叠共有十几层，这是我国迄今为止发现的最大的“莲花”石钟乳。

⑬ 因是深秋，我们没有进入仙台山的原始次生林。据老乡说，去森林的最佳时间是夏季。我们想，还是留下最美的想象，等下次再来吧。

⑭ 夕阳西下，我们告别美丽的仙台山，虽然只是浮光掠影的一瞬间，但仙台山的美又一次深深地震撼了我。

1. 这篇文章的写作特点是什么？

2. 文章运用了哪些修辞？找出你喜欢的句子，说说理由。

3. 请简要写出作者游览的仙台山主要景点。

4. 第 ⑪ 自然段插叙了什么内容？其作用是什么？

5. 结合文章内容，为秋天的仙台山写一段简短的导游词。

6. 本文以作者的游踪为线索，重点写了哪些景观？

7. 通篇文章中，作者重彩描绘的是仙台山秋天的红叶，对山中红叶的溢美之词随处可见。唐代诗人杜牧也写过这样的诗句，这句是什么？

8. 文章结尾一段在文中的作用是什么？

参考答案：

1. 移步换景，景中寓情。

2. 夸张："沿羊肠小径向山上攀登。"运用比喻兼夸张的修辞手法，把小路比作羊肠，生动形象地写出山路之狭窄。

比喻：

（1）"只见红叶与绿树覆满了大大小小的山坡，像是一幅大写意的国画。"运用比喻的修辞手法，生动形象地描写出登上揽秀峰所见美景，表达出作者对仙台山的喜爱之情，很有感染力。

（2）"山路一边是深谷，另一边紧贴崖壁，窄窄的台阶仅能只身通过，因路形似一柄巨大的长戟，所以名曰'战戟道'。"运用比喻的修辞手法，把山路比作一柄巨大的长戟，生动形象地写出了山路之险，也为作者下文写自己的恐惧做铺垫。

（3）"石钟乳酷似一朵盛开的莲花，巨大的花瓣层层叠叠共有十几层，这是我国迄今为止发现的最大的'莲花'石钟乳。"运用比喻的修辞手法，细腻生动地写出了石钟乳的美丽神奇，表达了作者对大自然鬼斧神工的雕刻技艺的赞叹。

拟人："偶尔的白云，悠闲地挂在山尖儿，和山上的绿树红叶遥相呼应。"运用拟人的修辞手法，把白云绿树红叶人格化，生动形象地描写出晴朗的天空中白云飘浮的美景，很有感染力。

引用：“东汉应劭引马第伯《封禅仪记》中所形容：‘两从者扶掖，前人相牵，后人见前人履底，前人见后人顶，如画重累人矣。’”具体准确而又生动地写出“战戟道”的狭窄和陡峭，让人信服。

3. 护国院，迎宾柏，揽秀峰，战戟道，红叶，南松北柏，刘秀洞。

4. 刘秀被王莽追赶至“刘秀洞”，进洞得以逃生的传说故事。

作用：

（1）解释说明“刘秀洞”得名的由来；

（2）增添文章的历史文化内涵和趣味性，引发读者的阅读兴趣；

（3）突出中心：作者对仙台山的喜爱赞美之情。

5.（1）欢迎各位游客来仙台山观光。金风送爽，心旷神怡；蓝天白云，红叶满山，美得让人不舍眨眼。进“护国院”，赏“迎宾柏”，登“揽秀峰”，走“战戟道”，“刘秀洞”里珍藏着古老与智慧的传说，“南松北柏”让你体味原始味道与神奇……美丽的仙台山欢迎你的到来！

（2）游客们，欢迎来到仙台山。在这里，我们将会观赏到满山红叶的秀美，体会“战戟道”的惊险，领略“北柏南松”的神奇造化。在“迎宾柏”下欣赏树云相映之美，在仙台最高山峰一览壮美景色，在“刘秀洞”了解古时传说与光怪陆离的石钟乳，收获不一样的美的享受。来仙台山吧，这个人间仙境会给你的心灵带来震撼！

6. 重点写了护国院、战戟道、揽秀峰、刘秀洞。

7. 唐代诗人杜牧写过的诗句是：停车坐爱枫林晚，霜叶红于二叶花。

8. 结构上总结全文、首尾呼应，使文章结构严谨。内容上深化文章主题，表达了作者对仙台山优美景色的赞美与留恋之情。